예니세이 강가에서 부르는 이름

Имя, которое произношу на берегу реки Енисей

G·POEM 001

예니세이 강가에서 부르는 이름

Имя, которое произношу на берегу реки Енисей

박소원 한러시집
김태옥 옮김

곰곰나루

시인의 말

인천공항 출발 북경공항 터미널에서 경우를 하고 크라스노야르스크 공항에 도착했다. 시베리아 횡단열차를 타고 푸시킨의 조국 광활한 땅을 달려갈 때, 분단국가인 조국의 서글픈 현실이 떠올랐다. 푸른 바이칼 호수 앞에서 일던 전율과 알혼 섬의 신비스러움에 오랫동안 사로잡혔다. 이 사로잡힘은 나를 이끌고 흐르기 시작했다.

상트페테르부르크에서 모스크바까지의 여행에서 내내 푸시킨을 향할 때, 나는 푸른 기운을 휘감고 다녔다. 그의 생가와 신혼집을 방문하며 "삶이 그대를 속일지라도 슬퍼하거나 노하지 말라"는 시 구절을 여행노트에 줄 맞추어 쓰곤 했다. 반복되며 증폭되는 감정은 축제 속의 어떤 잔혹함처럼 고통 속의 어떤 리듬처럼 뒤섞이며 솟구쳤다.

'내 안의 위버멘쉬를 깨우'고 싶던 막바지 여름이었다. 하바롭스크 역에서 캄캄한 어둠을 뚫고 기차에 올랐을 때, 나를 이끌던 푸른 기운이 끝내 내 안으로 침투했다. 기차 침대칸에 누워 붉은 혈류를 누비는 호수의 물소리에 심취됐다. 방향없이 높아가던 파도들, 이른 아침 블라디보스토크역 광장에 수많은 비둘기가 되어 모이를 쪼며 이리저리 몰려다녔다.

한러시집에 대한 생각은 알혼 섬에서 발원됐기에, 꼬박 9년 만에 결과를 갖게 된 셈이다. 궁금증이 많은 필자의 질문에 늘 답을 주고 직접 번역까지 맡아주신 김태옥 교수님께 감사드린다.

2023년 4월
박소원

Слова поэта

Я прилетела из международного аэропорта Инчхон в Красноярск через аэропорт Пекин. Когда проезжала на Транссибирском поезде по необъятной родине А.С. Пушкина, я думала о печальной реальности моей разделенной страны. Долгое время я была очарована красотой голубого озера Байкал и тайной острова Ольхон. Это восхищение сопровождало меня и потом.

На протяжении всей поездки из Санкт-Петербурга в Москву меня окружала синяя энергия. При посещении места рождения и дома А.С. Пушкина, я написала в своей записной книжке строчки из его стихотворения: «Если жизнь тебя обманет, Не печалься, не сердись!». Меня охватывали одни и те же эмоции, усиливаясь, как жестокость и страдание на празднике.

Был конец лета, когда мне захотелось «разбудить сверхчеловека в самой себе». Когда я села в поезд, пройдя темный Хабаровский вокзал, синяя энергия, за которой я шла, наконец, наполнила меня. Лежа на полке в вагоне, я была очарована звуком воды озера, текущей по красному кровяному руслу. Поднимались высокие волны. Ранним утром на привокзальной площади Владивостока слетелось большое количество голубей, клюющих корм.

На острове Ольхон у меня зародилась идея написать сборник стихов на корейском и русском языках. Это заняло у меня восемь лет. Хочу выразить огромную благодарность профессору Ким Тэоку за перевод сборника на русский язык.

Апрель 2023 года.
Пак Совон

차례

제1부

Оглавление

- Первая часть -

제2부

- Вторая часть -

제3부

- Третья часть -

제1부
Первая часть

움

한 곳에 너무 오래 앉아 있었다
몸에 벤 습기들
나는 내 나이의 무게보다 더 무겁다
무성한 잎을 매달고 옛 기억으로
수시로 다리에 힘이 들어간다
변함없이 한 자리를 지키며 서 있기란
여간 어려운 일이 아니다
수직의 기억으로 신음이 내려간다
얼었다 녹았다 반복하는 통증
나보다 먼저 내 신음소리를 듣는
그들도 균형을 잃어가며 수군거린다
온기 중에 가장 따뜻한 온기가
사람의 온기라고, 몸 붙이고 앉는다
사람들은 변함없는 품성처럼
언제나 한 방향을 고집한다
눈송이들 한나절 앉았던 자리가
밤이 되면 시간처럼 움푹 어두워진다

Почка

Я слишком долго сидела неподвижно.

Влага собралась в моем теле,

Я тяжелее своего возраста.

Свисают(Висяв) густо разросшиеся листья.

Я вспоминаю о прошлом, и к ногам приливает сила.

Стоять неподвижно на одном месте

Не так уж и просто.

Спускается стон по ступеням памяти.

Замёрзла. Согрелась. Повторяющаяся боль.

Те, кто впервые слышит мой стон,

Шепчутся, теряя равновесие.

Сидя, прижавшись друг к друг, они говорят,

Что самое согревающее тепло – тепло человеческого тела.

У людей твердый характер,

Они всегда настаивают на одном.

На месте, где днем сидела снежинка,

Ночью появляется темная впадина.

푸른 뿌리

뿌리 뽑히는 순간 이미 중심을 잃었다
베란다 한 귀퉁이에 걸려
중심 없는 나는 잘 지낸다
겨울 햇볕에 잘 건조된 뿌리들
나는 정말 잘 지낸다 잘 썩고 있다
몸속으로 스미는 온기들
투명한 장기 겹겹이 누비고 돌아다닌다
희망은 날카롭게 오전에서 오후로 넘어간다
주기가 바뀌는 각각의 달빛들
한 스푼씩 더 삼키며
둥근 몸들, 베란다 회색 벽에
문지르며 깎으며 나는 본다
자꾸만 사라지는 목숨들
자꾸만 징그러운 벌레들 몰려오는 내일들
썩은 몸이 텅텅 비어 먼지가 일 때까지
매운 성깔을 망 밖으로 몰아내며
나는 본다, 진물 흐르는 몸을
밖에서 돋는 푸른 싹들을 나는 본다
남은 내 목숨들 모두 내놓고
내가 몸 밖 나에게 가만가만 다가간다

Синий корень

Когда меня вырвали, я потерял свой стержень
Висеть на веранде в углу,
Мне и без стержня хорошо.
Гниют корни, высохшие на зимнем солнце.
Со мной действительно все в порядке.
Тепло, попавшее в тело,
Проникает в каждую клетку прозрачных органов.
Надежда, очевидно, ускользает от меня.
Вымывая и вытирая белые стены на веранде,
Я вижу круглое тело,
Поглощающее по ложке
Каждую фазу лунного цикла.
Жизнь, которая постоянно исчезает,
Стремительное завтра, мерзкие насекомые постоянно
сбегаются,
До того, пока сгнившее тело опустеет и станет пылью,
Избавляясь от резкого характера из сетей,
Я вижу тело, по которому течет гной,
Я вижу синие почки, прорастающие снаружи.
Полностью оставив свою жизнь,
Я потихоньку приближаюсь к своему телу.

검은 잉크

조상 대대로, 흐르지 못하는 죄목에 갇혔다 제 안의 강줄기를 따라가거나 폭포수로 내리치거나 북극의 빙하로 얼어붙거나, 외부와는 소식을 끊고 형벌처럼 저항력을 키우다가 때론 엄숙해진다

가련한 의기소침이 짙어간다 융통성 없는 내력은 바닥까지 내려간 하지의 햇빛 한 올, 그믐날 달빛 한 조각, 여름 바람 반 토막 스며드는 밤, 음울한 내면은 무미건조하다

후미진 국경 마을에 사는 이방인처럼 한 방울, 반말처럼 튕겨져 나가는 불손한 태도들 가끔씩 용서해 주시라 감금은 주로 강가에 서 있는 자작나무들 사이에서 번식된다

이 모든 것이 방향을 돌리고 있다 보다 은밀하게 나에게로 이행한다 슬픔의 종이 번식하기에 좋은 하늘, 땅, 강, 나무, 돌, 새, 바다, 죄다 안으로 번져간다 저항력은 자연으로 돌아가 지속적으로 유동하고 있다

Черные чернила

Из поколений в поколение заперта в бесконечной череде преступлений. Или следую за течением реки внутри меня, или бьюсь о сильный водопад, или вмерзаю в ледник на северном полюсе. Я замыкаюсь, и возникающее сопротивление, как наказание, иногда усиливается.

Неуверенность в себе становится сильнее. Карьера идет на спад. В ночь проник пучок солнечного света дня летнего солнцестояния, пучок лунного света последнего дня года и немного летнего ветра. Мрачная внутренняя сторона однообразна.

Прости меня за иногда ненароком сказанные грубые слова и высокомерное поведение, как у чужака из глухой деревни. Неволя, в основном, заключена среди берез, что растут у берега реки.

Всё это меняется и незаметно движется ко мне. Небо, земля, реки, деревья, камни, птицы, море – всё это навевает грусть. Внутренне сопротивление возвращается к природе и продолжает течь изнутри.

아, 아

언제부터인가
세 사람의 목소리가
튀어 나온다

뇌졸중으로 돌아가신 어머니와 태어나서 삼개월을 살았다는
언니와 마흔에 목매달아 죽은 내 친구, 내 목소리 속 또 다른 목
소리들 섞여나온다

새 발자국 위에
토끼 발자국
토끼 발자국 위에
노루 발자국
노루 발자국 위에
코끼리 발자국처럼
작은 목소리 위에
큰 목소리들이
먼지처럼 덧쌓여간다

비 내리는 창가에 앉아 휘파람을 불거나
주방에서 오리훈제구이를 굽고 있거나

나에게는 당신의 질병이 유전되고 있다

목소리들, 저승을 이승처럼 이승을 저승처럼 쉴새없이 비벼댄다 두고 간 남은 생이 얼마나 그리웠으면 여행지의 마지막 밤까지 따라붙는 거니? 룸메이트는 밤중에 고양이 울음소리가 기분 나쁘다며 창문을 건다 걸쇠를 채운다

이국의 밤은 생수로
칼칼한 목구멍을 헹구고
창밖은 건기의 계절이
슬쩍 우기로 바뀌었다
아, 아
참혹한 전쟁에 패한 병사처럼
거칠고 지친 목소리 아, 아

Ох! Ох!

С какого-то момента
Появились
Голоса троих людей.

Голос умершей от инсульта мамы, голос старшей сестры, которая умерла трехмесячной, и голос моей подруги, которая в свои сорок лет повесилась. Эти голоса выходят, смешиваясь с моим.

Как поверх птичьих следов
Следы кролика,
Поверх кроличьих следов
Следы косули,
Поверх следов косули
Следы слона,
Так и поверх тихих голосов
Громкие голоса,
Накапливаются как пыль.

Сидеть ли в дождливую погоду у окна и свистеть,

Или жарить копченую утку на кухне,

Твоя болезнь все равно передастся мне.

Голоса постоянно звучат и стирается грань между двумя мирами. Если скучаете по прежней жизни, то разве вы не цепляетесь за последнюю ночь своего путешествия? Соседка по комнате прикрывает окно занавесками, говоря, что ночью жалобно мяукает кот. Закрывает на защёлку.

Ночь на чужбине, водой

Полощу сухое горло,

За окном сезон засухи

Незаметно сменился на сезон дождей.

Ох! Ох!

Голос как солдат, потерпевший поражение в страшной войне,

Такой же грубый и уставший. Ох! Ох!

지렁이

몸을 대보면 길마다 온도가 다르다

길은 제 체온으로 구불구불
혹은 직선으로 나를 부르고 있었구나

무심코 한 응답들 내 길이 되었구나

나는 장마가 쉽게 끝날 줄도 모르고
음습한 흙 속의 길들 서둘러 떠나왔다

떠나온 길이 멀리서 더 멀어져간다

화단의 자귀나무 너머, 쉽게 몸을 바꾸는 길들
오금이 저리도록 감지하고 있을 뿐

아무리 뒤돌아보아도 한 번
떠나온 길은 결코 갈 수 없는 길이 되었다

비가 그치고 달궈지기 시작하는 주차장
방향을 잃고 벌겋게 익는 몸, 내 몸이 내 길이다

체온을 잃은 징글징글한 몸들
자동차 바퀴에 신음도 없이

터져 버린 나의 몸, 반 토막을
햇살이여 지금도 눈여겨보는가

Дождевой червь

У каждой дороги теплота разная.

Теплота дороги притягивает меня
Или своей кривизной или прямолинейностью.

Спонтанные ответы стали моей дорогой.

Я не ожидал, что так легко закончится сезон дождей,
И исчезнет влажная и холодная земляная дорога.

Дорога тянется все дальше и дальше.

За клумбой с шёлковой акацией дороги, легко меняющие
своё направление.
Я только осознаю, насколько я встревожен.

Сколько бы я ни оглядывался назад,
Я понимаю, что обратного пути нет.

Заканчивается дождь и остановка начинает нагреваться.

Потеряв направление, тело стало ярко-красным, Моё тело –
моя дорога.

Мерзкое, разорванное, остывшее тело

Даже под колесами машины

Не издает стона.

Солнце, ты все еще светишь на часть моего тела?

소문

예전에는 다른 이름이었습니다만
소문, 풍문이나 루머보다는
일말의 진정성이 느껴집니까
어둠과 어둠 사이를 적과 적 사이를
절망과 절망 사이를 유전하는 운명론
이름을 바꾸었지만 왜 자꾸 나빠집니까
방향 없는 움직임은 정처가 없고
입에서 입으로 거처를 바꾸는
다시 또 건너가는 나는,
누구의 의지이고 누구의 의도입니까
달나라의 토끼들처럼
심심하면 쿵더쿵 방아를 찧는 겁니까
알 수 없는 나날들 왜 질문만 늘어갑니까
가뭄 든 저수지까지 떠밀려와
죽은 물고기 위에서 혼(魂)굿처럼 솟구치지만
어떤 구체성도 갖지 않는 것은
적어도 나의 소신이라고 쓰겠습니다
수문(水門)을 열어두어도
물 한방울 누수 없는 저수지처럼
어떠한 계획도 미래도 없는

실체(實體) 없는 가뭄의 나날들
당신들 입안에 든 건조성을 살짝 높이면
부싯돌처럼 탁탁 부딪치면
후훅, 불꽃이 일 것 같지 않습니까
그러나 너무 염려하지 마세요
나는 이름만 있고 성이 없는 폐문(閉門)의 세계입니다

Слухи

У меня раньше было другое имя,

Но из-за бесконечно блуждающих слухов

Вы чувствуете искренность в этих словах?

Неизбежность судьбы остается от тьмы до тьмы, от врага к врагу.

И от отчаяния к отчаянию,

Я изменила имя, но почему все становится только хуже?

Двигаться без направления бесполезно,

Из-за слухов я меняю место проживания

И снова переезжаю.

Чья эта воля, чьё это желание?

Как кролики на луне перемалывают зерно,

Когда скучно, вы перемалываете слухи?

Неизвестно, почему с каждым днем вопросов становится только больше?

Слухи витают, как шаманский обряд над мертвой рыбой,

Выброшенной из засохшего водоема,

Не имея ничего конкретного.

Но я пишу, по крайней мере, свое мнение.

Как сухой водоем

Даже при открытом шлюзе,

Так и в бессмысленные дни засухи

Нет планов, нет будущего.

Если вдруг во рту станет очень сухо,

Если сильно удариться о камень,

Тебе не кажется, что вмиг может появиться искра?

Но сильно не переживай.

Я – это закрытый мир с именем и без фамилии.

나는 다시

지문마다 거센 돌개바람이 분다
나는 다시 한 자리에서 움직이지 않고
지나간 사랑에 대해서는 침묵한다
궁금한 방향으로 호기심을 튕기며
경사진 길들 더 높아진다
새들은 서쪽 허공으로 날아가고
나는 다시 뿌리에 힘을 주고 있다
태풍이 한반도를 빠져나가는 동안
뿌리 뽑힌 주목나무 곁에서 나는 다시
벌벌 떨고
자꾸만, 그의 무서운 과거가 보인다
캄캄한 저녁이 내 안의 엘리베이터를 타고
다시 지상으로 내려온다
과거에게 듣고 싶은 말이 참 많았다
나이테를 휘도는 불안을 토악질하며
계절이 다시 지나가고 있다
허공의 옆구리에 가지들 걸치고
나는 다시 나이를 먹고 있다
적당하게 친한 사람에게 배신을 당하고
새들은 서녘의 말을 물고 떠난 자리로

다시 돌아오고 있다
가지마다 먼 곳의 말들이 새잎을 틔운다
흔들리는 삼월의 그림자가 푸릇푸릇하다

Опять я

Сильный ветер обдувает каждый палец руки.

Я снова сижу неподвижно,

И молчу о прошлой любви.

Нарастает любопытство,

И неровные дороги становятся все выше и выше.

Птицы улетают на запад,

И я снова укрепляю корни.

Пока через Корейский полуостров проходит тайфун,

Возле поваленного тисового дерева

Меня опять всю трясет.

Я снова и снова вижу его страшное прошлое,

Темный вечер на лифте внутри меня

Вновь спускается на землю.

Было так много слов, которые я бы хотела услышать из

прошлого.

Отпустив тревогу, кружащую как годичные кольца дерева,

Сезон опять проходит.

Боковые ветки повисли в воздухе,

И снова становлю старше.

Я предана почти близким человеком,

И птицы, держа в клювах слова запада,

Снова возвращаются в родные края.

Слова далекого места на каждой ветке распускают новые листья.

И синеет тень дрожащего марта.

나는 왼쪽이다

어디서부터 내 몸의 오른쪽과 왼쪽이 우회도로를 걷기 시작했을 어느 날 목 디스크로 인한 근육통이 왼쪽 마비 증상으로 오고 사람과 사람 사이의 그늘을 지날 때는 저림 증세가 엄살처럼 더 도진다

비는 집중적으로 내리더니 순간 눈으로 바뀌었다 나이테를 그리며 백년 만에 내리는 폭설로 차량 통행이 통제되고 아래 지방으로 내려갈수록 길이 막혔다 제설차끼리 충돌하는 뉴스를 보며 사람들은 외출을 줄였다

기온이 수시로 바뀌고 모든 안부는 한쪽으로 쏠렸다 물리치료실 치료사는 지극한 손길로 전기치료를 완수하였으나, 내 그림자는 균형을 잃어간다 예각으로 기운 왼쪽이 늘 앞서서 걷는 것이다

사람들은 왼쪽의 안부로 나의 근황을 묻고 나는 어느새 왼쪽이 되었다 세 번째 근육통으로 정형외과 병실 침상에 침목처럼 다시 누웠다 담당의사는 십년이 훌쩍 지나서야 처음으로 오른쪽의 안부를 묻는다 나의 반쪽 당신, 거기에 아직도 있는가

Моя левая сторона

Когда правая и левая стороны моего тела начали ходить каждая своей дорогой? Однажды мышечная боль, возникшая из-за шейного позвонка, повлекла за собой симптом паралича. И, когда я прохожу мимо людей, возникает симптом онемения, похожий на притворство.

Ливень внезапно сменился снегопадом. Из-за возникших огромных снежных сугробов было ограничено движение наземного транспорта и в южном направлении образовались автомобильные пробки на дорогах. Люди стали реже выходить на улицу после известия о столкновении снегоуборочных машин.

Температура воздуха постоянно менялась, и всю меня наклонило в одну строну. Физиотерапевт закончил процедуры, и моя тень потеряла равновесие. Наклоненной левой стороной я двигаюсь вперед.

Люди интересовались моим здоровьем и моей левой стороной, и в какой-то момент я стала ею. Из-за третьегоприступа мышечной боли я, как шпала, лежала в палате ортопедического отделения. Мой врач впервые за десять лет спрашивает меня о правой стороне тела. Моя половина, ты все еще там?

연리지

아무 소리도 깃들지 않는 나무에게
나는 오래된 연인처럼 기대고 있다
가만히 귀를 대었다, 멀리서
보답하듯 어떤 소리들이 건너온다
내 귓속에 싱싱한 소리들 누가 전송하는가
뿌리의 간격을 치밀하게 밀어붙인다
허공을 뚫어가는 우듬지를
어둑어둑 두꺼운 나이테 속으로 밀어넣는다
그의 수액이 닿는 푸른 몇 초,
밑으로만 흐르던 섬뜩한 고요가
허공의 임파선을 따라 솟구치듯 번져간다
드러난 뿌리 위에 스러지는 그림자
그의 밑둥에서 더욱 굵어졌다
뚝뚝 이파리들 물 빠지는 소리
문득 토막토막 관절 앓는 소리
부고처럼 나풀거리며 허공과 허공을 건너간다
푸른 물이 오는 소리, 새들이 지저귀는 소리
나절가웃 달빛이 놀다가는 소리들
봇물처럼 밀려와 내 발톱 끝까지 돌고 있다
허공의 소리에 온몸을 푸르게 바치고 싶구나

Сплетенные ветви

К безмолвному дереву

Я прислонилась, словно старая возлюбленная.

Я тихонько коснулась уха.

Издалека послышались какие-то звуки.

Откуда эти живые звуки?

Раздвигаю плотно сплетенные корни.

Верхушка, пронзая воздух,

Вставлена в темные, толстые годовые кольца.

За несколько секунд, когда я касаюсь его древесного сока,

Жуткая тишина, стоявшая только внизу,

Взлетая, распространяется по жилам воздуха.

Тень, падающая на голые корни дерева,

Становится больше у его комля.

Кап-кап – звук падающей на листья воды,

Внезапный звук сломанного сустава,

Летят по воздуху, как известие о смерти.

Звук голубой воды, щебет птиц,

Звук игравшего четверть дня лунного света

Льются как из ведра и крутятся до пальцев ноги.

Я хочу полностью проникнуться звуками воздуха.

능소화야 능소화야

바람들 높은 곳에서부터
거래를 트기 시작했다

군데군데 죽은 핏물들
지붕까지 오른 줄기들 뜯겨지고 있다

허공의 발자국들 담장 틈마다
발을 들여놓고, 주춧돌까지 내려간다

나는 거추장스러운 비밀처럼
불안한 꿈처럼 뜯겨지고 있다

짓뭉개진 꽃잎들
한 묶음씩, 마당에 뿌려진다

바람의 지뢰, 어둠의 지뢰 위에
다시 실패하라 더 실패하라*

내 몸이 짐이다, 팔순 넘으신 노모처럼
얼결에 휘갈겨 쓴 합의서가 몇 백 장인가

민박집 마당에서 자꾸 능숙해지는 질 나쁜 거래
언제나 나를 버리게 하는 것은 나였다

밤이 새도록 빠른 리듬에 맞추어 추는
경쾌한 죽음의 댄스 댄스

나는 너를 모른다 나는 너를 모른다
수시로 나는 나를 부정한다

문득 밤이 경쾌한 리듬에 맞추어
마당 밖으로 신사처럼 물러나고 있다

안녕하세요? 안녕하세요?
새들은 백리 밖에서도 노래를 부르고 있나 보다

이보다 혹독한 밤이면 어떤가
보라!

태풍 속 바람들 떨어진 꽃잎마다
제각각 날개를 달아주고 있지 않는가

* 진은영의 시 '나에게' 인용된 Samuel Nobow On (1989)

Кампсис крупноцветковый, кампсис крупноцветковый!

Ветра с высоких мест
Начали свое дело.

Повсюду мертвая кровь,
До крыши разорваны стебли.

Наполненные воздухом трещины в стене
Расползаются до фундамента.

Меня сорвали, как обременительный секрет,
Как тревожный сон.

Разорванные лепестки
Разбросаны по двору.

Над миной ветра и тьмы
Ты снова падай и падай!

Мое тело – это бремя, как пожилая мать, которой за восемьдесят.

Сколько же сотен соглашений, подписанных в растерянности.

Плохая сделка улучшается во дворе дома,
Я та, кто всегда себя бросает.

Быстрый смертельный танец,
Танец, который танцуют всю ночь напролет.

Я тебя не знаю. Я тебя не знаю.
Часто отрицаю я себя.

Внезапно ночь, танцуя под веселый ритм,
Как джентльмен, выходит из двора.

Здравствуйте! Здравствуйте!
Кажется, что слышно пение птиц за сорок километров.

Нет ничего страшнее этой ночи!
Посмотри!

Не тайфун ли дарит крылья

Каждому сорванному лепестку?

*Стихотворение Чин Ынён «Мне» [Samuel Nobow On (1989)]

제2부

Вторая часть

손맛

낭만적인 내 아버지는
백구의 목줄을 내게 쥐어 주었다
슬슬 잡아당기라고 연신 눈짓을 한다

내 손끝에 힘이 들어간다
오줌 얼룩이 든 마포 자루 속으로
그는 두 눈을 껌뻑이며 들어간다

댓잎들 뒤척이는 바람 소리들에도
앞발을 치켜들고 컹 컹 컹 짖던
소리에 유독 민감하던 그가
입가에 완벽한 체념을 물고 들어간다

그의 목줄은
내 손끝에서
수십 년을 떨고 있다

아무리 늙어도 느껴지는 이 떨림
무수한 떨림 속으로
여전히 나는 긴 목줄을 따라다닌다

수완이 좋은 아버지는 어디에서든
또 뒷거래를 트고 있는가
튼튼한 목줄을 끝끝내 잡고 있는가

Ощущение прикосновения рук

Мой романтичный отец
Дал мне поводок белой собаки.
Подмигивая глазом, намекнул потянуть его.

В мои кончики пальцев проникает сила.
Моргая, собака заходит в холщовый мешок
Весь в пятнах мочи.

Поднявшись на передние лапы
Она, остро реагирующая на звуки,
Даже при шелесте бамбуковых листьев,
Покорно заходит в мешок.

Ее поводок
Десятилетиями дрожит
В моей руке.

В каком бы возрасте я ни была, чувствую бесконечный
трепет,
Постоянную дрожь,

И по-прежнему следую за длинным поводком.

Где мой находчивый отец?

Опять заключает тайную сделку?

Всё ещё держит прочный поводок?

손

오빠는 평생 독선생을 자청한
할아버지의 두툼한 손을 닮았다
고등학교에 진학할 나이가 되어서도
고작 가족들 이름 집주소를
필사하던 마디 굵은 손을 가졌다
가난한 친구들을 모아 놓고
할아버지 몰래 슬쩍 공책과 연필을
나눠주던 날랜 손을 가졌다
대나무밭을 들락거리며
일찍 담배를 배운 니코틴
노랗게 밴 머슴 손을 가졌다
마루끝에 앉아 어린 내가
꺼억꺼억 울면, 어머니가 올 때까지
내 등을 쓸어주던 붉은 손을 가졌다

평생의 숙제처럼 쓰고 또 쓰던
種銀, 南賢, 貞德, 容英 이름자들
죄다 잊은 치매 깊은 손을 가졌다
내게는 그런 손을 가진 오빠가 있다

Руки

Руки моего брата похожи на сильные руки дедушки,

Который был моим учителем по жизни.

Даже в возрасте поступления в старшую школу

У него были узловатые руки, которыми

Он всего лишь переписывал фамилии семей и домашние

адреса.

У него были ловкие руки,

И втайне от дедушки он раздавал ими тетради и карандаши

Своим бедным друзьям.

У него были пожелтевшие от никотина руки труженика,

Который рано начал курить и постоянно

Работал на бамбуковом поле.

У него были красные руки, которыми он гладил меня по

спине

До прихода мамы,

Когда маленькая я, сидя на полу, плакала.

У него были руки, которые не помнили написания таких

имён,

Как Чонъын, Намхён, Чонъдок, Ёнъён,

Хотя эти имена он писал и писал всю жизнь, как домашнее задание.

У моего старшего брата такие же руки...

어떤 추억

할아버지는 큰아들인 내 아버지를 낳고 터 넓은 밭에 유실수를 심기 시작하셨다 학교에 입학할 때마다 한 그루씩, 군 입대를 할 때에도 심지어 어머니와 혼인을 한 해에도 종이 다른 감나무를 심으셨다 터 넓은 밭에는 죽은 큰오빠와 죽은 두 언니를 낳던 해처럼 내 감나무도 심었다. 죽은 사람들 감나무들도 해를 걸러 풍작과 흉작이 들곤 했다. 대곡시 광주골감 봉화골감 꾸리감 평핵무 개월하시 품종도 다양한 감나무들, 하지만 웬일인지 나무와 나무 사이가 좁혀질수록 아버지는 더욱 집밖으로 돌았다 할아버지 갑자기 숨 놓으시던 해, 아버지는 불쑥 집터와 감나무밭 문서를 외지인에게 넘겼다 나는 온종일 감나무들 쓰러지는 것을 본 적이 있다 내 감나무도 풋감 주렁주렁 달고 베어진 것을 본 적이 있다

Какое-то воспоминание

Когда родился мой отец, старший сын в семье, мой дедушка начал сажать фруктовые деревья. Когда мой отец пошел в школу, когда заступил на службу в армию, и даже когда женился на моей маме, дедушка каждый раз сажал новое дерево хурмы. На большом поле было посажено и моё дерево, точно так же, как и в годы рождения моего умершего старшего брата и двух умерших старших сестёр. Деревья мёртвых людей все также год за годом плодоносят или не дают никакого урожая. В саду росли разные сорта деревьев хурмы, такие как Тэгокси, Кванъджу Гольгам, Пёнъхва Гольгам, Куригам, Пхёнъхэнму, Кэвольхаси. И чем меньше по каким-либо причинам становилось расстояние между деревьями, тем чаще отец выходил из дома. В тот год, когда внезапно умер дедушка, отец неожиданно отдал дом и поле с деревьями чужим людям. Я наблюдала, как на протяжении всего дня падали деревья. И видела, как спиливали мое дерево, на котором было много сладкой недоспевшей хурмы.

이별법

손금이 다 닳은 손바닥을 들여다본다 꽉 쥔 손, 손금과 손금이 운명을 달리하였구나. 내리막길에서 슬쩍 옆길로 빠진 운명선, 손금의 틈새마다 스며 있는 기장 미역 냄새들, 아버지를 기다리며 담장 빙 둘러 심은 장미꽃, 환갑이 되어서도, 마지막 맹세처럼 붉게 피어나네. 장미 꽃잎들 손바닥에 펼쳐놓네. 해독할 수 없는 붉음을 타전하는 밤, 어둔 하늘 황소자리가 유난히 반짝거리네. 중환자실 복도에서 별을 보았네. 오늘 밤이 고비예요. 누구의 표정도 보이지 않는 어둠이 밀려오네. 장미꽃은 피고 또 피겠지만, 미안하다 이것밖에 해줄 게 없구나. 산모 밥을 짓고 미역국을 끓이고 신생아 기저귀 푹푹 삶아 빨고 즐겁게 밥을 토하신 어머니. 중환자실 침대 위에 앙상한 시간처럼 누워 있네. 어머니, 제발 눈 좀 떠보세요. 내 나이 스물여덟, 당신의 마지막 패를 이제는 보여주셔야죠

미안하다
이것밖에 해줄 게 없구나
전생에서
네가 나를 이렇게 버렸으니
나도 너를 이렇게 버릴 수밖에 없구나

Разлука

Смотрю на линии постаревшей ладони. Руки сильно сжаты, линии с линиями поменяли судьбу. Разветвленная на конце линия судьбы и принизывающий каждую трещину руки запах морских водорослей. Розы, которые я посадила вокруг забора в ожидании отца, даже в мой 60-ый день рождения цветут, словно это их последнее обещание. Лепестки роз разложены на ладони. Необъяснимо красная ночь. На тёмном небе необычно сияет созвездие Тельца. Из коридора реанимационного отделения я увидела звезду. Сегодняшняя ночь решающая. Наступает темнота, в которой никого не видно. Мне жаль, но розы будут цвести снова и снова. Я больше ничего не могу сделать. Мама, которая раньше варила суп с морскими водорослями для роженицы и стирала пеленки новорожденного, обильно рвала. Она лежит на кровати в реанимации, как в худые времена. Мамочка, пожалуйста, открой глаза! Мне двадцать восемь лет, теперь ты должна показать мне последнюю карту.

Прости меня.
Я больше ничего не могу сделать.
В прошлой жизни

Ты оставила меня

И мне ничего не остается, как оставить и тебя.

즐거운 어머니

해 지기 전 벌써 마당에 당도하신 어머니, 당신 날(忌日)을 용케도 잊지 않으셨네 해마다 강신(降神)도 하기 전에 얼굴 내미는 속이 빤히 보이는 어머니

장교복이 멋들어진 네 아버지 퇴근길에 졸졸 따라오는 처자가 어디 한둘인 줄 아니, 조근조근 내 애들 애비라 돌려 보냈던 거라. 딴 살림 차린 아버지는 이복동생을 넷이나 출가시켰는데, 어머니의 긴 기다림이 곤혹스럽네 둥그런 양푼에서 얼추 도토리묵이 굳는 사이, 내 곁에서 쉴새없이 말을 하는 어머니

늙은 고모는 눈물을 보이는 것이네 제기그릇들 마른행주질을 죄다 마치도록 두 눈이 촉촉히 젖어 있네 당숙은 떡시루를 떼어 들고 어디서나 목소리가 크네 큰 형수 오셨소 형수 형수, 큰 눈을 끔벅이며 안방을 들여다보네 아버지는 지필묵을 열고 벌써 지방을 준비하네 당뇨병으로 엄지발가락을 절단하고선 눈물이 참 많으시네

진설 시간이 깜박깜박 다가오네 울케는 손을 정갈하게 씻고 육전과 낙지호롱 찐 생선 바구니를 순서대로 내오네 과일 바구니와 식혜 나물 떡쟁반과 제기그릇을 살펴보는 동안, 나는 소금으로

어머니의 입맛을 맞추네 탕국이 알맞게 끓고 있네

 작은 할머니 당숙모 당숙들 당도하고 문득 진설이 시작되네
하지만 젯밥에는 토통 관심을 보이지 않는 어머니, 매주 투석으
로 버티는 야윈 아버지 곁에서 새색시처럼 웃고 계시네 홍조 띤
얼굴로 앉아 있는 어머니, 죽어서도 죽지 못하는 어머니의 그리
움이 저 섬뜩한 정이 곤혹스럽네

Веселая мама

Мама пришла во двор уже до захода солнца. Ты же помнишь день своей смерти? Мама каждый год показывает свое лицо, прежде чем стать призраком.

«Знаешь ли ты, что, когда твой очень красивый отец в офицерской форме возвращался домой после работы, то его всегда преследовали девушки. Каждый раз я объясняла им, что это отец моего сына, чтобы они уходили. Но у отца была и другая семья, и он женил четырех твоих сводных младших братьев. Мне было неловко, когда я долго ждала его», – без умолку говорила мне мама, пока желе из желудей застывало в большой круглой латунной тарелке.

Пожилая тетя по линии отца плачет. К тому моменту, когда мы закончили вытирать ритуальную посуду сухими полотенцами, ее глаза были уже мокрыми. Двоюродный дядя, оторвав кусок рисового пирога, обращаясь к жене своего старшего брата, говорит своим постоянно громким голосом: «Вы пришли!». Отец уже взял чернила и бумагу и готовит поминальную запись. Он много плачет после того, как ему отрезали большой палец на ноге из-за диабета.

Потихоньку подходит время расставлять блюда на столе в соответствии с ритуалом. Сноха тщательно моет руки и по очереди выносит корзины с жареными на масле осьминогами и рыбой. Пока рассматривают корзину с фруктами, сикхе, намулем и поднос с ттоком, я проверяю соль, чтобы вкус был как у мамы. Суп закипает.

Приехали бабушка, двоюродные тёти и дяди и сразу же стали расставлять блюда на стол согласно ритуалу. Но мама не проявляет никакого интереса к вареному рису для поминальных обрядов. Она улыбается, как будто только что вышла замуж, и сидит возле слабого отца, который живет только потому, что каждую неделю делает диализ. Мама сидит с покрасневшим лицом. Меня озадачивает та тоска и страшное чувство привязанности к матери. К матери, которая даже после смерти не может умереть.

실종

바람이 앞뒤로 분다
바람은 거대한 압축기다

사실처럼 집이 움직인다
사실처럼 집이 줄어든다

안이든 밖이든
바람의 세기는 종잡을 수 없다

문짝을 괴어 놓는 것도
서로를 증명할 수가 없다

집은 닫혔다,라는 동사의
묘한 영향력 안에 갇힌다

닫혔다 갇혔다 두 단어 사이에서
나는 줄곧 압축이 된다

물러난 벽이 물러난 벽의
등이 되었을 때

집의 무너짐은
서서히 믿음처럼

나를 먹어치운다
나는 사라진다 연기처럼

이것은 누구에게나
일어날 수 있는 일이다

Исчезновение

Дует ветер.

Он огромный компрессор.

Дом движется, как наяву,

Словно наяву, он сжимается.

Внутри или снаружи

Невозможно определить силу ветра.

Невозможно доказать друг другу,

Что придерживаешь створку окна.

Дом закрыт. Словно в ловушку,

Попала я под странное влияние слов

«закрыто и заперто»,

Будто это я заточена между ними.

Когда отходящая стена

Станет спиной отходящей стены,

Дом, разрушающийся

Медленно, как вера,

Поглотит меня,

И я исчезну как дым.

Это может

Случиться с любым.

小雪날 눈을 맞으며

암 치료를 끝내 포기하겠다는 아우를 돌려보내고 영통에서 동탄까지 눈을 맞으며 걸어갑니다, 종로에서 성북동까지 비를 맞으며 걸었던 아득한 옛날처럼 왠지 살아서는 다시 못 볼 것 같은 얼굴이여 어서 가라 어서 가라 小雪날 바람들 등 뒤에서 연신 불어댑니다 신도시로 진입하는 능선 위에서 우뚝 걸음을 멈추고 서 있는데 눈은 죽어라 죽어라 내립니다 가만히 뒤돌아보니 우리의 사랑, 아우의 발자국도 내 발자국도 문득 지워지고 말았습니다 이 길에 우리가 만났다 헤어진 표식 하나도 없습니다

Мне в глаза сыпет первый снег…

Отправив на лечение моего уже отчаявшегося больного онкологией младшего брата, я иду из Ёнтхона в Донтхан, и мне в лицо метёт снег. Кажется, что я больше не смогу увидеть лицо человека, который когда-то ходил под дождем от Чонно до Сонбуктона. Скорее, скорее…День первого снега. За спиной постоянно дует ветер. Вдруг останавливаюсь на вершине горы, часть которой находится в новом городе. Стою, а снег идёт и идёт… Оглянулась назад и увидела, что моя любовь, мои и брата следы исчезли. На этой дороге не осталось никаких следов нашей встречи и нашей разлуки.

봄에게 무슨 일이 생겼는가

햇살 눈부신 대낮에도 부음이 온다 새는 휘파람 같은 울음으로 날아갔다 칼날을 기억하는 손목이 주머니 속에서 아프다 그렇게 아름다운 말은 나에게 씨부렁거리지 마

그 무렵 한참 좋을 나이에 우리는 추위 속에서 어둠으로 갈라졌다 끊임없이 새 울음소리로 진동하는 시간, 나는 한쪽 가슴만 내어주고 살기로 했다 바닥에 바짝 엎드려 있을 때에도 가슴은 오른쪽보다 왼쪽이 문득 높다

헌 자동차는 중고 매매시장에서 줄 서서 낡아간다 친구의 오토바이를 빌려 타고 온 소년이 가방을 내려놓는다 면도날로 밀어낸 종아리의 털처럼 쓸데없는 기억들 대낮에도 검게 자라난다

그러나 기억은 짝가슴 속에서도 균형을 잃어간다 도시에서 도시로 건너가는 버스 안에서 문득 눈물이 터졌다 왼쪽 가슴으로만 스며들던 새들의 휘파람 소리들 차 안에 가득하다 승객들은 조금씩 졸기 시작한다

한쪽 눈만 뜨고 다리 위를 지나간다 강 위를 선회하는 새들, 꽁무니를 쫓아간다 자주 한숨을 날리는 눈빛들, 짙푸른 물 위에서 솜사탕처럼 달게 녹아간다

Что случилось с весной?

Известие о смерти приходит даже в ясный солнечный день. Плач пролетевшей мимо птицы прозвучал как свист. В моем кармане болит запястье, которое еще помнить лезвие ножа. Не говори мне таких красивых слов.

В таком хорошем возрасте мы расстались холодно и мрачно. Время непрерывно вибрирует с птичьим криком, я решила жить, повинуясь сердцу. Даже лежа на дне, левая сторона груди выше правой.

На старом рынке поддержанные автомобили выстраиваются в ряд. Мальчик, который ездит на одолженном у друга мотоцикле, снимает сумку. Такие бесполезные воспоминания, как ежедневное бритье ног, темнеют даже днем.

Однако память теряет равновесие даже в груди. Слезы внезапно нахлынули, когда я ехала на междугороднем автобусе. Свист птиц, проникающий прямо в сердце, наполняет машину. Пассажиры начинают потихоньку погружаться в сон.

Открыла один глаз и увидела, что проезжаем мост. Слежу, как птицы летают по кругу. В часто моргающих глазах блеск тает, как сладкая вата над лазурной водой.

추억들 죄다 문을 닫았다

삼층집 단골식당에 홀로 앉아서 본다
쓸쓸한 추억들 빗물처럼
창틀에 고여서 흘러넘치는 것을 본다
어둑한 들길 저 끝쯤에서
너희는 고양이 걸음으로 지나가는가

적막한 맘을 어둠에 비비며
내 속에서 새어나오는
작은 짐승들의 울음소리
가까운 인척들을 피해 다니며
말수가 부쩍 줄어들고 있다

봄을 제일 기다리는 사람이
봄이 가장 늦게 오는 길에 와 있다
삼거리 길들 녹는 동안,
아는 사람 한 명도 없는 곳에서
홀로 늦은 식사를 하고 있다

농한기에 점심내기 화투판을 돌리던 이발소와
명절 떡을 만들던 삼거리 떡집

임대문의 딱지를 붙이고 있는
희뿌연 유리창들,
우리의 추억들 죄다 문을 닫아 걸었다

Двери в воспоминания заперты

Сижу в своем любимом ресторане на третьем этаже и вижу,

Что грустные воспоминания, как дождевая вода,

Которая скапливается на оконной раме.

Где-то в конце той темной дороги

Вы проходите мимо кошки?

Отпуская одинокое сердце в темноту,

Из меня вырываются

Крики маленьких зверей.

После того, как долго не общаешься с родными,

Становишься немногословной.

Человек, который очень ждет наступления весны,

Вышел на дорогу, по которой весна идет очень медленно.

В то время как улицы с трёхсторонним движением тают,

В месте, где нет ни одного знакомого человека,

Я в одиночестве готовлю поздний ужин.

Парикмахерская, где во время отдыха от полевых работ в

обед играли в карты,

И расположенная на перекрестке кондитерская, где готовили тток на праздник.

На белых окнах этих зданий

Наклеена табличка «Арендовано»,

И двери во все наши воспоминания заперты.

프라하에서 온 편지

우글거리는 통점을 따라 어둠을 건너가는 불타바강 강물처럼
그 강물위에 내려앉은 어둠처럼 잘 지내십니까

도시 골목들 쪽수를 매기며 오른쪽 손목에서 왼쪽 손목으로
이동하는 통증처럼 견딜 만합니까

이 땅에 남은 마지막 마음, 슬리퍼 운동화 높은 하이힐 납작한
구두 남모르는 발끝에서 늘 채이고 밟히고 익숙해진 거리에서
노숙자처럼 매일의 숙식을 해결합니까

먼 거리를 견디는 이방인의 방식으로 한 번에 한 가지씩 참는
버릇들 잘 길러내고 있습니까

너무 멀리 있어 캄캄하게 그리워하는 일도 때론 휴식이 필요
합니까

당신의 별들 하나하나 떼어 강물 속에 수장하고 아련히 가늠
해보고 행복과 불행의 거리를 오갑니까

거식과 단식을 오갑니까 죽음은 단단합니까 붉고 뜨거운 두

눈 여전히 백야의 태양처럼 줄곧 잠들지 못합니까

  불면이 피면 어둠이 집니까 어둠이 등불을 밝히면 태양이 집
니까

Письмо из Праги

Как ты? Ты как, река Влтава, пересекающая темноту по больным местам, и как темнота, поглотившая ту реку?

Сильна ли ты, как боль, переходящая от правого запястья к левому, когда идешь по улицам города?

Ты, последняя душа в этом мире, приспосабливаешься к жизни, как бездомный на знакомой улице, на которого наступают незнакомые в шлепках и кроссовках, в туфлях на высоком каблуке и на плоской подошве?

Ты уже привыкла все терпеть, как иностранец терпит большое расстояние?

Тебе нужно отдохнуть от тоски по дому?

Срывая одну звезду за другой и погружая их в реку, ты рассчитываешь и преодолеваешь расстояние между счастьем и бедой?

Праздник сменяется говением? Смерть беспощадна? От бессонницы твои горячие красные глаза, словно полуночное солнце?

Когда появляется бессонница, исчезает ли темнота? Садится ли солнце, когда темнота зажигает лампу?

제3부
Третья часть

북경공항터미널에서

내 한쪽 그리움이 가다 멈춘 곳
7월의 북경공항터미널 의자에 앉아
쪽잠이 든 여행객들 사이에서
쏟아지는 잠을 참을 수가 없는데

눈만 감으면 꿈을 꾸는 것이다
죽은 어머니의 창백한 얼굴이
야윈 두 팔이 절뚝거리는 걸음이
내 촉각 맨 바깥쪽에서 배회를 한다

어머니,
어머니,
힘껏 목청을 높이는 순간
내동댕이친 유리컵처럼
산산조각 나는 꿈

나는 날카로운 꿈 한 조각이 되어
북경공항터미널 구석구석을
표류하는데
보이지 않는 세계로 스며든

당신을 따라 나는 공중에 떠 있는데

나를 빠져나간 나는
나로부터 쭉 쭉 멀어지고
북경의 어둠들 주물처럼 쏟아지는 밤
멀리 더 멀리
떨어진 북두칠성처럼
나는 나로부터 아득해진다

나는 기억의 부재 감정의 부재
현실도 미래도 갖고 있지 않아요
나는 과거로부터 퇴출된
나도 모르는 나 너무도 낯선

이곳의 나는
누구의 자식도 아니에요 어머니
그리운 어머니
다시는 저를 찾아오지 마세요

소리치고 또 소리치는데

내 몸은 어느새 비행기 안에 앉아
다음 기착지로 날아가고 있다

В Терминале аэропорта Пекина

Июль. Сижу в аэропорту Пекина
среди дремлющих путешественников.
Здесь на меня нахлынула тоска.
Не люблю, когда сон одолевает меня.

Когда закрываю глаза, сразу вижу сон:
Бледное лицо умершей матери,
Её худые руки и прихрамывающие шаги
Бродят по удаленным уголкам моего сознания.

Мама!
Мама!
В тот момент, когда я начинаю кричать,
Сон, как стеклянная чаша,
Разбивается вдребезги.

Став частью острого сна,
Я скитаюсь по углам
Терминала международного аэропорта Пекина.
Проникнув в невидимый мир,

Я вслед за тобой парю в воздухе.

«Я», которая покидает меня,

Продолжает уходить всё дальше.

Непроглядная ночь опускается над Пекином.

Далеко-далеко туда,

Где находится Большая Медведица,

«Я» ухожу от себя.

У меня нет памяти, нет эмоций,

Нет ни настоящего, ни будущего.

Изгнанная из прошлого,

Я сама себе чужая.

Здесь я –

Не чей-то ребенок. Мама,

Любимая мама,

Не приходи ко мне снова.

Кричу и кричу я.

И вдруг я уже сижу в самолете,

Который летит к следующей остановке.

시베리아 벌판을 달리며

어린 나타샤는 동생 사샤의 손을 잡고
4인용 객실마다 문을 열고 다니며
이름이 뭐예요, 이름이 뭐예요 묻는다

내 이름을 묻는데
왜 옛 이름이 떠오를까
부르지도 않는 이름도 이름일까

그 이름의 어린 내가, 객차를 뛰어다니다가
창밖으로 날아가 시베리아 벌판을
한참 동안 돌고 돌고는 훌쩍 돌아온다

어린 나의 얼굴에는 밖에서 묻혀온 별빛이 흐른다
반짝이는 빛속의 글썽이는 표정
이 표정은 춥고 낯선 어둠 속에서 단련된 움직임

Бегая по сибирским полям

Юная Наташа, держа за руку своего младшего брата Сашу,

Ходит по вагону, открывая двери в купе,

И спрашивает у пассажиров имена.

Задает вопрос мне,

И почему-то мне вспоминается мое старое имя?

Разве имя, которым тебя не называют, считается твоим

именем?!

Молодая я с этим именем бегаю по вагону,

За окном бесконечно

простираются сибирские поля.

На мое молодое лицо падает свет звезд.

Лицо сияет в мерцающем свете.

Оно застыло в холодной и незнакомой тьме.

시베리아 벌판에 비가 내린다

너는 나로부터 너무 가까운가 너무 먼가
발목과 손목에 덕지덕지 파스를 붙이고 앉아
객실 침대와 침대 사이 좁은 탁자 위에
새삼스럽게 개명 전 이름자들
한글과 한문과 영문자로 다양하게 써보는 것이다

이름과 이름사이 항렬과 항렬 사이 침묵과 침묵 사이
고통과 고통 사이 시간과 시간 사이
나의 아픔은 어디로부터 흘러오는가

한 번 지나가면 좀체 돌아올 수 없는 백야의 간격들
기차는 비를 맞으며 7월의 자작나무 숲을 지나가고
나타샤와 사샤는 엄마 손에 이끌려 침대칸으로 돌아가고
나는 나의 과거에 너무 열정적이다

나는 그 이름 앞에서 한숨을 쉬고, 시간이 많이 흘렀다,
간이역마다 구운 생선과 말린 생선들
컵라면과 미니보드카들 좌판에 펼쳐놓고
여행객을 부르고 있는 러시아의 노점상들…,

기차는 다시 달리고 환부 하나 환부 둘 보드카는
이미 빈병이 되어 객실 바닥에서 혹은
한 사람이 겨우 다닐 정도의 좁은 복도에서 투명하게 뒹굴고

여행객들은 먹고자고 먹고자고 시간이 흘렀지만
잠들지 않는 이름 하나, 자꾸만 어지러워
나는 일일이 좁은 맥관(脈管)을 닫는 것이다

멀고 먼 유배지의 우글거리는 신음에게
너는 부디 대답하지 말라,
태중(胎中)에 아버지가 지어주신 이름을
낡은 가방을 양손에 들고 시베리아 벽촌으로 돌아가는
촌로의 모자 위에 슬쩍 올려둔다

기차는…, 시베리아 자작나무의 흰 사이를 지나가고 있는데
내 눈에 점점 선명해진 통증들 온몸에 번지는 붉고 긴 가려움들

버려진 이름은 나에게 멈추지 않는 가려움을 두고 간다
버려진 이름이 그렇듯이 그 이름은 나에게 와서

눈물과 회한과 고통과 배신 속에서 불려지다
오래전 호적에서 파행을 당하고
문득 유배지에서 끌려나와 운명처럼 내 손에서 다시 버려진다

시베리아의 겨울, 봄, 여름, 가을을 너는 홀로 걸어라
이 땅의 모든 계절들 너에게 선물처럼 건네는 것이다

지금 시베리아 벌판에는 비가 내리고 있다
기차는 종착역에 가까워지고
촌로가 내린 간이역을 지나온 지 오래 되었다

덜커덕덜커덕덜커덕 고난과 불안 사이
불안과 환상 사이 버려진 이름들 어느 생을 유전하는가
너와 나는 더욱 먼 거리가 필요하다

На сибирском поле идет дождь

Ты или слишком близко или слишком далеко от меня!

Сижу с заклеенными пластырем лодыжкой и запястьем.

В купе на узком столе

Пишу свое старое имя

По буквам на корейском, китайском и английском языках.

Среди имен, рядов и тишины,

Среди страданий и времён

Откуда эта боль?

Если один раз пропустить время между белыми ночами, то его больше не вернуть.

Поезд под дождем идет сквозь июльский березовый лес,

Наташа с Сашей, держась за мамину руку,

Возвращаются в купе,

Я слишком увлечена своим прошлым.

Тяжелый вздох. Уже прошло много времени.

Жареная и сушеная рыба, лапша быстрого приготовления и маленькие бутылки водки Разложены на стульях на каждой станции.

И русские уличные торговцы зазывают своих покупателей.

Поезд снова тронулся. Одна печаль, другое горе.

Бутылка водки вмиг опустела и валяется

Или на полу в купе,

Или в узком коридоре, в котором едва может пройти один

человек.

Пассажиры едят и спят, едят и спят. Проходит много времени,

но

Одно имя не дает мне покоя, все сосуды сдавлены,

И постоянно кружится голова.

Но на бесконечные стоны изгнанных в дальнюю ссылку

людей

Обязательно ничего не отвечай.

Имя, которое я получила от отца до рождения,

Я быстро произнесла деревенскому старику,

Возвращающемуся в глухую сибирскую деревню

Со старыми чемоданами в обеих руках.

Поезд..., Проезжая сквозь сибирские березы,
Боль в глазах становятся ярче и ярче.

Долгий и красный непреодолимый зуд по всему телу
Возник из-за моего имени.

Забытое имя вызывает
Слезы, раскаяние и боль.
Моё имя уже давно вычеркнули из семейной книги.
Неожиданно оно вспомнилось и опять, словно судьба,
ускользает от меня.

Сибирской зимой, весной, летом и осенью ты ходи одна.
Все времена года этой земли принадлежат тебе.

Сейчас на сибирском поле идет дождь.
С того момента, как старик вышел на станции,
Прошло много времени,

Чух-чух, чух-чух, чух-чух

Между страданием и тревогой, между тревогой и иллюзией,

Как долго я буду вспоминать забытое имя?!

Нужно ли нам еще больше расстояния?!

예니세이 강가에 서 있었네

굳게 믿고 가던 길이 뜻밖에 뚝 끊겼네
오도 가도 못하고
오래도록 하늘만 바라보네
사실처럼 귀 옆에 귀가 하나씩 더 생겨났다네

내 귀에 환상의 두 귀를 열어 두고
나는 또 걷는 법을 바꾸는 것이네
누군가의 태명 같은 예니세이
예니세이 강가에서 문득 나는 흐린 물이 되었네

옆걸음으로 난류로 변하는 그 곳까지
물의 희망을 품는 나는 슬픔일까
시간의 소용돌이도 잔잔해지고
가슴 아픈 일들 다시는 일어나지 않을 것 같은
그 곳까지, 강물이 마를 때까지 가만가만 흘러가

어느 물목에선가
나는 또 걷는 법을 바꿀 것이네
서서히 해가 지기 시작하는 외지의 자정 무렵
나의 믿음은 물의 힘으로

더 먼 곳으로 더 어두운 곳으로 흘러갔다네

수만 번, 오늘이 지나가면 나는 알게 될 것이네
나의 길들은 왜 무정하게 끊기고 끊겨야 하는지
그때마다 나는 왜 걷는 법을 먼저 바꾸는지
하지만 지금의 나는 아무것도 모른다네

Я стояла на берегу реки Енисей

Знакомая дорога, по которой я пошла, неожиданно оборвалась,

И я не смогла двинуться ни вперед, ни назад,

Я просто долго смотрела на небо,

И почувствовала, что рядом с моим ухом появилось еще одно.

Слушая как будто другими ушами,

Я внезапно поменяла стиль ходьбы.

И, словно по приказу кого-то,

Вода в реке Енисей вдруг стала мутной.

В сторону – туда, где турбулентные вихри?

Замедляется водоворот времени,

Тихо-тихо плыву, пока река не высохнет,

До того места, где душераздирающие вещи вряд ли повторятся.

В каком-то водохранилище

Я опять поменяю стиль ходьбы.

Около полуночи на чужбине начало медленно

садиться солнце.

Моя вера силой воды

Текла в более отдаленное и темное место.

Десятки тысяч раз я узнаю, когда пройдет сегодняшний

день.

О том, почему мой путь прерван и прерван он бездушно.

О том, почему каждый раз я сначала меняю стиль ходьбы.

Но сегодня мне это неизвестно.

예니세이 강가에서 부르는 이름

여기가 끝인가.
강물들 흘러넘치는 물가에서
잃어버린 길을
자작나무와 물에서 찾는
나는 내 안을 떠도는 목마른 나그네였다

무성한 초록의 무게를
수위 깊은 물속으로
침수시키는 러시안의 거목처럼
나도 내가 너무 무거워져
열 손가락을 강물에 담근 채 오래도록 목을 축인다

강물은 멈춤 없이 어디에서 흘러왔는지
어디로 흘러갈 것인지 이정표를 세우지 않고 흐른다
빽빽이 서 있는 나무와 홀로 서 있는 그림자를 지나쳐서
높고 긴 다리 밑으로 흘러간다

누군가의 고향으로
흘러가는 강물들 철썩철썩
등 떠밀고 서 있는 가뭄 깊은 나는

문득 나로부터 너무 먼 나의 이방인이다

고향에서 아주 먼 그곳에서
내가 나에게 돌아가고자 막 마음을 먹었을 적
물속에서 무언가 내 손을 부여잡는다
그 힘에 끌려

가야지 어서 가야지 내가 나에게 돌아가고자
재촉하는 마음을 일으키는데…, 그 서두름 속에는
내팽개쳐 왔던 서러움들 물밀 듯이 밀려드는 것이다

Имя, которое произношу на берегу реки Енисей

Это конец?

На вышедшей из берегов воде, в березах

Искала

Забытую дорогу.

Я была жаждущим незнакомцем, блуждающим внутри

меня.

У затонувшего огромного русского дерева,

Зеленые ветки которого

Погружены в воду,

Я долго пью, набрав воду в руки,

И сама становлюсь очень тяжёлой.

Откуда и куда, выйдя из русла,

Непрерывно течёт река.

Через густые деревья и одинокую тень

Она протекает под высоким, длинным мостом.

Сильно иссохшая, подавленная

Текущей на чью-то родину рекой,

Я для себя стала

Далекой и чужой.

Когда я твердо решила вернуться домой

Из очень далекого места,

Тогда что-то в воде схватило мою руку.

Меня привлекла эта сила...

«Идти, я должна идти». При мыслях о возвращении к себе

Сердце бьется чаще..., В спешке

Отброшенная печаль одолевает меня.

알혼 섬에서 쓴 엽서

잊겠다는 결심은 또 거짓 맹세가 되었다

시베리아 기차의 차창 밖으로 던진 익숙한 이름 하나
섬에 도착하니 환한 밤에 별들로 떠 있다

푸른색이 선명한 엽서의 뒷면에 가까운 곳이라고 쓰고
그 아래 아득한 곳이라고 쓴다

오물이라는 생선을 끼니마다 먹는다고 쓰고
꽁치와 고등어의 중간 종(種)인 것 같다고 덧붙인다

엽서보다 내가 더 먼저 도착할지 모른다고 쓴 후
수영장 의자에 길게 드러누워 눈을 감는다

풀밭에 앉아 행운의 네잎 클로버를 찾는 사람
푸른 호수로 내려가는 사람
전망대로 올라가는 사람
길의 방향은 각각 다르고 영혼의 처소도 다른 사람

해가 지지 않는 저녁

검은 선글라스를 쓰고
입으로만 웃음을 보이고
밥을 먹고
차를 마시고
보드카를 마시는 일
이 낯선 동화의 나라에 기적처럼 와서
꿈같은 현실이라고

잠은 쏟아져도 말이 줄어들지 않는 시간
피로하여 하도 피로하여 자꾸 할 말이 줄어들지만
이 아름다운 순간을 침묵할 수는 없어서
노란색 꽃을 꺾어 바이칼 호수 지도 사이에 넣고 다닌다고도
쓴다

아프고 아픈 손으로, 그 손으로 쓰고 또 쓴다
눈물 없이도 나는 너에게 전할 소식이 있는 것이다

Открытка, написанная на острове Ольхон

Решение забыть опять стало напрасным.

Знакомое имя, выброшенное из окна сибирского поезда.
Ночь. Ярко светят звезды. Прибываю на остров.

На обратной стороне ярко-синей открытки
Пишу, те места, откуда и куда
Её я отправляю.

Пишу о том, что во время каждого приема пищи я ем рыбу омуль,
И то, что омуль – это что-то среднее между сайрой и скумбрией.

После того, как я уточнила, что могу приехать раньше, чем дойдет открытка,
Пишу: «Я лежу на шезлонге с закрытыми глазами.

Сидя на траве, человек
Ищет четырёхлистный клевер на удачу.

Кто-то идет к голубому озеру.

А еще кто-то идет в сторону обсерватории.

И, несмотря на то, что у каждого

Разные маршруты и места проживания,

Вечером, когда солнце еще не зашло,

Люди носят черные солнцезащитные очки,

Улыбаются,

Едят,

Пьют чай,

И водку».

Пишу о том, что

Это незнакомое место похоже на сказку,

И все это, словно сон.

Поток мыслей не прекращается даже, когда погружаюсь в
сон.

Я так сильно устала, и слов стало меньше, но

Не могу не упомянуть этот прекрасный момент и пишу, что

Сорвала желтый цветок и положила его между картами озера Байкал.

Я продолжаю писать ноющей от боли рукой.

И уже без слез рассказываю тебе о новостях.

이르쿠츠크와 알혼 섬을 오가는 배 안에서

좁은 선장실 기둥에
몸집이 큰 개 한 마리
굵은 밧줄에 묶여 있다

묶인 몸에서 가장 적극적으로 움직이는 건
천천히 움직이는 시선뿐이다
선실 문과 선장의 뒤통수를
오가는 불안한 검은 눈동자

반쯤 열린 문으로 보이는 호수와
사내의 뒤통수를 두 눈에 담고
그것이 세상의 전부인 듯
게으르고 게으른
늙은 개의 눈빛을 하마터면
평화의 빛이라고 말할 뻔했다

내가 슬그머니 그림자를 앞세워
얼굴을 내밀었을 때
일어선 내 몸이
앉아 있는 그의 시선보다

서너 배쯤 높아졌을 때
개는 긴장을 하며 앞발에 힘을 주더니
그만- 부동의 자세로
선실 바닥에 침을 흘리고 있다

그 후로는 어떤 소리도 내지 않는 것이다
무언가 잘못 본 듯
두 눈을 연신 꿈뻑거릴 뿐,

나는 입술을 오므리고 휘파람을 불고
파도가 더 일고 배가 흔들릴 때
축 처진 두 귀가 쫑긋하다가 이내 축 처진다

참고 견디는 법을 호수의 침묵 속에서 익히며
제 본성을 잃어버린 개 한 마리
무뎌진 청각과 사라진 개의 목소리
개의 시각에 대하여
결국 참지 못하고 나는 혼잣말을 내뱉었다
 - 이건 거짓 평화야 죽음이야

*

그러나 나여 생각해 보라
목소리와 청각과 시각을
제 안으로 격침시킨 한 존재를 향해서
어찌 함부로 감정을 갖는가
내가 나에게
집요하게 질문을 던지는 동안
토할 듯 토할 듯 아슬아슬한
구토의 기미가 일었다

마침내 배에서 내려 봉고차로 바꾸어 타고
다시 뭍으로 돌아가는 길
노면이 울퉁불퉁한 길 위에서
내 몸에 스며든 호수의 푸른 물빛들
새파랗게 솟구치곤 한다 높은 파도가 일어난다

На пароме между Иркутском и островом Ольхон

К узкому столбу в капитанской рубке
Толстой веревкой привязана
Большая собака.

Только глаза медленно двигаются
В привязанном неподвижном теле.
Тревожный взгляд черных глаз
Мечется между дверьми и затылком капитана.

Озеро, виднеющееся через приоткрытую дверь,
Затылок мужчины —
Кажутся всем миром.
И очень слабый блеск глаз
Старой собаки
Я назвала бы светом мира.

Незаметно сделала тень.
Когда, приподнявшись,
Я высунула свое лицо,
Мое тело возвысилось над

Пристальным взглядом собаки.

Она занервничала, напрягла задние лапы,

И, застыв в таком положении,

Пускала слюни на пол рубки.

С того момента она не издает ни звука,

Словно видит, что что-то не так.

Только постоянно моргает...

Я смыкаю губы и свищу.

Когда паром трясет из-за поднимающихся волн,

Два повисших уха встают и снова опускаются.

Привыкая к терпению в тишине озера,

Собака утратила свои главные качества.

Плохой слух, пропавший голос,

И взгляд⋯

В конце концов, не выдержав, я поругалась про себя:

- Это вымышленный мир, это смерть.

*

Но подумать только!

Как можно к существу, которое уничтожает через себя

Голос, слух и зрение,

Испытывать эмоции?!

Пока я задаюсь этим вопросом,

Как при сильной тревоге,

Возникает тошнота.

Наконец, сошла с парома, пересела в автобус.

И снова я в пути.

Над ухабистой дорогой

Голубая вода озера, проникшая в мое тело,

Поднимается. Волны становятся выше.

아무르 강가에서

여기는 두 개의 시계가 있다.
너는 북쪽의 시계를 보고 나는 남쪽의 시계를 본다
흐린 강물을 따라 철새를 따라
시간은 습지의 향을 맡으며 북쪽으로 흘러간다
우리는 눈을 감고 휘파람을 불었다

새들의 합창소리를 따라
너의 시계는
늘 나의 시계를 앞서 간다
조율을 맞춘 피아노 검은 건반처럼
새들은 붉은 허공에 박혀 울고

낮은 언덕을 오르면
강물은 무덤이 된다
노을들 솔솔 같은 음을 반복하며
허공을 무너뜨린다
점점 붉어지는 강물들

마당이 없는 곳에서 새들은 또 태어나고
우리의 슬픔에는 계절이 없다

우리의 이별에는 아무런 이유가 없다

북쪽은 북쪽의 시계를 보고
남쪽은 남쪽의 시계를 보고 앞으로 나아간다

무덤이 없는 곳에서
새들은 죽음을 맞이하고
먼 곳에서 나는
먼 곳에 있는 너를 생각하고 있었다

На берегу реки Амур

Здесь два времени.

Ты смотришь на северное время, а я на южное.

Следуя за мутной рекой и перелетными птицами,

Время идет на север, вдыхая болотистый запах.

Закрыв глаза, мы насвистывали мелодию.

Следуя за птичьим хором,

Твои часы постоянно

Опережают мои.

Как черные клавиши настроенного фортепиано

Плачут птицы, застрявшие в багряном небе,

И если подняться на невысокий холм,

То река станет могилой.

Закат, повторяя мягкие ноты,

Разрушает пустое пространство.

Постепенно краснеют реки.

Птицы рождаются заново вдалеке от дома.

Наша печаль вне времени,

И нет причин для нашей разлуки.

Север живет по северному времени,
А юг – по южному и идет вперед.

В местах, где нет могил,
Умирают птицы,
Я была далеко.
Я думала о тебе.

빈센트 반 고흐

태초에 기도가 있었다
단란한 기도는
두 손목에 든 바람처럼
노랗게 붉어지곤 한다
교회는 변색되는 기도를
떠받들고 낡아가고
좁은 문을 뒤쪽에 열어둔 채
희미한 정신을 드높인다
주여, 당신 뜻대로 하소서!
오늘도 멀리 가지 못하고
휘파람은 교회 마당가를 맴돈다
해바라기들 노랑 속 회전율은
자잘한 돌 위에서 반짝인다
주운 돌멩이 하나 주머니에 넣고
기차가 떠나가는 역을 향해
너의 이름을 불러본다
하루가 느리게 지나간다
남은 귀 하나 허공에 걸어두고
새 울음을 모으는 시간
기차는 유배지를 찾아들 듯
어둠을 몰고 오고 있다

Винсент Ван Гог

Вначале была молитва.

Теплая молитва,

Как ветер на моих запястьях

Становился желтовато-красным.

В ветхой церкви

С открытыми узкими дверьми

Звучит угасающая молитва,

Которая возвышает слабый дух.

Господи, пусть твоя воля исполнится!

Свист и сегодня не может далеко уйти и

Кружится вокруг церковного двора.

Над маленькими камнями

Блестят желтые подсолнухи.

Подобрав камень, кладу его в карман и

В сторону станции, от которой отправляется поезд,

Кричу твое имя.

Бесконечно долгий день.

Я вслушиваюсь

В крики птиц.

Поезд, словно отправленный в ссылку,

Прибывает, собирая тьму.

성 폴 요양소* 앞에서

나의 희망으로 나는 여기까지 왔다
지극한 슬픔들을 이렇게 묻는다
소란에서 소란으로 소음에서 소음으로
고요에서 고요로 적막에서 적막으로

너와 내가 마주 섰을 때
서서히 일어서는 벽
너와 나 사이 동서로 길게 뻗은 회색 벽 속에는
상처 많은 짐승 한 마리 살고 있다

벽의 균열 속으로 꾸역꾸역
지금껏 걸었던 내 길들을 풀어놓으면
날카로운 늑대의 울음들
수직으로 자라나고
내벽을 후비며 차곡차곡 어둠이 된다

벽은 욱신거리는 울음의 탄력으로
저렇듯 높고 단단해졌다
남프랑스의 새들, 내 파르스름한 입술과
초췌한 뺨 위에서 맴돌고 있을 때

슬그머니 벽에 기대어 있으면
땅이 벽을 들어 올린 듯,
벽 틈바구니가 열리고 늑대의 울음소리들 밖으로 튀어나온다
내가 선 곳에서 겨울나무 사이로 굴러가는 것이다

누구의 희망으로 나는 이곳까지 왔을까
나의 일기는 변명 없이 끝났다
지금부터의 나의 기록은 일기장 밖의 일기들
소란에서 멀리 소음에서 멀리

* 성 레미 프로방스에 있는 생폴 드 모롤 수도원 요양소. 아를에서 25km 떨어진 곳에 있다. 고흐는 자진해서 요양소로 들어와 가장 고통스러운 시기에 수많은 명화를 남겼다.

Перед лечебницей монастыря Сен-Поль-де-Мозоль

Меня привела сюда надежда.

Так я прячу свое отчаяние:

От суеты и шума

К спокойствию и тишине.

Когда мы с тобой стоим лицом к лицу,

Медленно поднимается стена.

Между нами в этой серой стене, которая тянется от востока

на запад,

Живет раненый зверь.

Если я отпущу дороги, по которым до этого ходил,

В трещинах стены

Поднимется

Пронзительный волчий вой и,

Ударив стену, впустит мрак.

Стена, поглотив мощный звук.

Стала выше и крепче.

Когда над моим исхудалым телом

Кружатся птицы Франции,

К, словно приподнятой землей, стене
Я прислоняюсь,
В ней появляется щель, и доносится волчий вой.
Он прокатывается по зимним деревьям к месту, где я стою.

С чьей надеждой я зашел так далеко?
Мой дневник закончился без объяснений.
Отныне мои записи не в дневнике,
Они подальше от суеты и шума.

* Лечебница монастыря Сен-Поль-де-Мозоль находится в коммуне Сен-Реми-де-Прованс в 25 км от округа Арль. Ван Гог, находившись в ней по собственному желанию, написал множество шедевров в самый тяжелый для него период.

오베르의 교회 먼지 희뿌연 방명록에

사랑이 그대의 손에서 시작되었다면
우리의 사랑은 그대의 손에서 자랐을 것이다

어둑한 교회 제단에
촛불을 켜고
두툼한 방명록에
누런 종이 위에
우리의 만남과 결별은
그대의 손에서 운명을 다하였다고 쓰고는

새들이 떠나간 밀밭을
멍한 표정으로 돌아보는데
신자 한 명 없는 시간 뒤에서
누군가 소리 죽여 울먹인다

하늘이 없는 것 같은
높은 천장을 올려다보며
1월의 나도
소리죽여 한참을 울었지만
울음의 이유를

한 마디도 묻지 않고 스쳐간 이[神]가 있다

(만일 우리가 다시 만난다면 무슨 말을 할까요)

참 멀고도 높은 오베르의 교회
먼지 희뿌연 방명록에는
어느 기록물법에도
저촉되지 않는 내생의 선약이 젖어 있다

В пыльной гостевой книге церкви в Овере

Если бы любовь зародилась в твоих руках,

Она бы и росла в них.

У алтаря темной церкви

Зажгла свечу.

В толстой гостевой книге

На желтых страничках

Написала про встречу и разлуку, и

Что моя судьба закончилась в твоих руках.

Я растерянно оглянулась на пшеничное поле,

Где летали птицы.

В час, когда нет верующих,

Кто-то кричит и плачет.

Январь. Глядя в бесконечно

Высокий потолок,

Я долго беззвучно плакала.

Но ты (обращение к Богу), пройдя мимо,

Не спросил, почему я плачу.

(Что бы я сказала, если бы мы встретились снова)

Очень далекая и высокая церковь в Овере.

Там в пыльной гостевой книге,

Не нарушив правила,

Слезами написано обещание всей моей жизни.

고흐의 무덤 앞에서

조류의 울음 같은 초식동물의 병 같은
바위의 신음 같은 애끊는 소리들에 휩싸여
너의 묘지 앞에서 나는 열린다

처음 그 소리들 귀를 통하여 들려왔지만
그 다음은 가슴으로 먼저
그리고 두 손으로 두 발로 나에게로 스며든다

밑도 끝도 없이, 겨울을 넘기지 못하고
죽을 것 같은 몹쓸 불안에 이끌려
마치 밀물과 썰물이 섞인 탁류처럼
잊혀지지 않는 기억 속으로 흘러든다

공포와 두려움이 침목처럼 박힌 길을
의심 없이 국경을 넘어 바다를 건너
줄곧 한 곳만 보고 달려온 나는

이렇게 매번 마음을 모두 걸었지만
나는 나의 고통밖에 너는
너의 고통밖에 돌볼 수 없는 우리의 불행들

너의 묘지 앞에서, 온 정신을 해체하고 나는 나를 개방한다

더욱 무성해지는 소리들에게
터진 울음이 첫 울음에게 옮겨가는 움직임에게
넓은 나이테 쪽으로 치닫는 울음에게
두 손 벌리고 나는 너무 강박적이다

흐린 허공 까마귀 떼 밀밭
고요 속 고요, 겨울의 이정표마다
묘지마다 꽂혀 있는 이름들아 죽음들아
나의 정신의 내막을 그대는 정말 보고 있는가

나의 울음을 초대한 너의 울음이
꿈처럼 자꾸 변종되어 나의 젖은 입이 되었다

처음의 그 소리처럼 입을 통하였지만
묘지 곳곳에 새겨진 울음들 곧 투수처럼
손과 발을 사용하여 하나씩 밖으로 내던지고

마침내 오베르 마을 뒤쪽 묘지 터에서, 나는 닫히지 않는다

겨울 공동묘지에는
나를 알아보거나
나를 붙드는 사람 한 명 없지만
죽음은 쉽게 나를 덮치지 않는다

Перед могилой Ван Гога

Как крик птицы, как боль животного,
В душераздирающих звуках, похожих на стоны скал,
Я открываюсь перед твоей могилой.

Сначала эти звуки доносятся до моих ушей,
Потом до груди,
И до всего тела.

Просто так мне не пережить зиму.
Меня ведет ужасный страх предчувствия смерти.
Как мутный поток приливов и отливов,
Я погружаюсь в воспоминания, которые нельзя забыть.

Я перешла дорогу, полную ужаса и страха,
И без сомнений пересекла границу и море,
Постоянно стремясь лишь к одному месту.

Я каждый раз пропускаю это все через свое сердце,
Но каждый из нас
Переживает только свою боль.

Перед твоей могилой, исповедуясь, я открываюсь.

От громких звуков,

От перехода пронзительного крика к плачу,

устреленного к широким годовым кольцам дерева,

С открытыми руками я совсем не защищена.

Туман. Стая ворон. Пшеничное поле.

Зима, тишина. На табличке, воткнутой у каждой могилы,

написаны имена и даты смерти.

Ты действительно видишь мою душу?

Твой крик, который заставил меня плакать,

Как сон, стал другим.

Как тот первый звук, он исходил изо рта.

От криков, отпечатанных по всему кладбищу,

Избавляйтесь руками и ногами.

Наконец, на зимнем кладбище

За деревней Овер

Я не закрываюсь.

Здесь меня никто не знает и не держит.

Но смерти не так легко настигнуть меня.

'다른 공간'을 찾아가는 길

한원균(문학평론가)

시간은 흘러가는 것이고 그 흐름이 멈추는 지점에서 우리는 죽음을 맞이하며 그러니 산다는 일은 그저 그 시간에 순치되는 일이라고 생각할 수 있겠지만, 이것이 누구에게나 적용되는 보편적 진실일까. 이 질문에 선뜻 부정적인 의견을 내기는 어렵다고 해도 이것이 유일한 사실이 아닐 수 있다는 점은 수용이 가능할 것이다.

시간은 단순히 흐르는 것인가? 시간은 그 출발점이 어디인가? 어떤 지점인가 혹은 어떤 특정한 공간적 장소인가. 시간은 우리의 인식이 가능한 시점부터 흐르고 있는 것인가, 아니면 우리의 의식과 관계없는 선험적인 현상인가. 시간이라는 흐름 자체를 우리는 어떻게 이해할 수 있을까. 시간이라는 계기적 이행을 정확히 알지 못하는 우리들은 시계라는 계량화된 도구를 통해서만 자연의 연속적 어떤 흐름을 분절적으로 이해하고자 한다. 시간은 그 흐름을 알 수 없기 때문에 우리들은 대체로 불가역적인 자연의 현상으로만 이해할 수밖에 없겠지만, 시인은 좀 다른 생각을 할 수 있다. 이 자연의 질서를 어떻게 인식해야 삶의 의미를 새롭게 해석할 수 있으며 재구조화가 가능할지 고민하는 존재가 바로 시인이 아닐까. 박소원의 이번 시집 『예니세이 강가에서 부르는 이름』에서는 이같은 고민이 매우 서정적으로 형상화되고 있다.

시간은 사람마다 다른 경험의 계기를 축적한다. 그런데 경험은 시간이라는 불가역적 흐름이 아니라, 어떤 지점, 공간, 특정한 장소성을 통해 기억된다. 공간적 경험의 다양성은 같은 시간에 대한 다른 기억을 유지한다. 다른 말로 하면 다른 공간에 대한 체험과 기억은 시간의 폭력적 불가역성을 반추하고 새롭게 해석하려는 욕망에 다름 아닌 것이다. 공간을 자기화하거나 특정화한 장소성으로 이해하려는 시인의 태도는 바로 시간의 흐름을 거부하려는 심리적 정황의 발로라고 볼 수 있다. 박소원의 시는 바로 이렇게 읽힌다. 그의 신작에서 자주 등장하는 어떤 지점, 장소는 시간에 대한 매우 자각적인 인식과 태도의 결과물이다.

　　　뿌리 뽑히는 순간 이미 중심을 잃었다
　　　베란다 한 귀퉁이에 걸려
　　　중심 없는 나는 잘 지낸다
　　　겨울 햇볕에 잘 건조된 뿌리들
　　　나는 정말 잘 지낸다 잘 썩고 있다
　　　몸속으로 스미는 온기
　　　투명한 장기 겹겹이 누비고 돌아다닌다
　　　희망은 날카롭게 오전에서 오후로 넘어간다
　　　주기가 바뀌는 각각의 달빛들
　　　한 스푼씩 더 삼키며
　　　둥근 몸들, 베란다 회색 벽에
　　　문지르며 깎으며 나는 본다
　　　자꾸만 사라지는 목숨들

자꾸만 징그러운 벌레들 몰려오는 내일들
썩은 몸이 텅텅 비어 먼지가 일 때까지
매운 성깔을 망 밖으로 몰아내며
나는 본다, 진물 흐르는 몸을
밖에서 돋는 푸른 싹들을 나는 본다
남은 내 목숨들 모두 내놓고
내가 몸 밖 나에게 가만가만 다가간다

- 「푸른 뿌리」 전문

　뿌리는 흙으로부터 뽑히는 순간 건조하게 메마른다. 그 건조함은 중심을 상실한 결과라고 시인은 생각한다. 일상성의 중심이란, 자신이 어딘가에 단단히 뿌리박힌 지점이 아닌가. '잘 지낸다'는 것은 건조하여 잘 썩어가는 일이라는 역설이 돋보이는 이유이다. 시간이란 빠르게 이행하여 '자꾸만 사라지는 목숨들'을 만들어 내고 '자꾸만 징그러운 벌레들'처럼 '내일'도 '몰려'온다. 그리하여 곧 소멸할 듯한 '진물 흐르는 몸'을 본다. '내가 내 몸 밖 나에게' 다가서게 하는 풍경을 만들어 낼 주체는 다름 아닌 시간인 것이다. 시간에 대한 사유는 본질적으로 죽음으로 이어지겠지만, 시인은 이 과정에서도 '밖에서 돋는 푸른 싹들을' '본다'. 그것은 죽음으로 가는 여정의 일부를, 시간이라는 험난한 이행의 과정을 새로운 사유로 전환하려는 의지의 발현으로 읽힌다. 그가 보고자 한 '푸른 싹들'은 어디에 존재하는 것일까. 이 물음에 대한 답을 하는 과정은, 그 '푸른 싹'을 찾는 과정과 동일하며 이것이 박소원 시를 읽는 즐거움이라 할 수 있다.

지문마다 거센 돌개바람이 분다
나는 다시 한 자리에서 움직이지 않고
지나간 사랑에 대해서는 침묵한다
궁금한 방향으로 호기심을 튕기며
경사진 길들 더 높아진다
새들은 서쪽 허공으로 날아가고
나는 다시 뿌리에 힘을 주고 있다
태풍이 한반도를 빠져나가는 동안
뿌리 뽑힌 주목나무 곁에서 나는 다시
벌벌 떨고
자꾸만, 그의 무서운 과거가 보인다
캄캄한 저녁이 내 안의 엘리베이터를 타고
다시 지상으로 내려온다
과거에게 듣고 싶은 말이 참 많았다
나이테를 휘도는 불안을 토악질하며
계절이 다시 지나가고 있다
허공의 옆구리에 가지들 걸치고
나는 다시 나이를 먹고 있다
적당하게 친한 사람에게 배신을 당하고
새들은 서녘의 말을 물고 떠난 자리로
다시 돌아오고 있다
가지마다 먼 곳의 말들이 새잎을 틔운다
흔들리는 삼월의 그림자가 푸릇푸릇하다

- 「나는 다시」 전문

'지나간 사랑'에 대하여 '침묵'하는 일은 시간 속에 담긴 기억들을 지우는 일이다. 기억이 만들어 낼 '호기심의 방향'은 새로운 길들을 만들어내지만, 그것은 지상에, 혹은 일상에 다시 뿌리 내려야 한다는 의지를 갖게 한다. 하지만 그 의지는 뿌리 뽑힌 주목처럼 불안하다. 시간은 '그의 무서운 과거'를 재생하고 '캄캄한 저녁이 내 안의 엘리베이터를 타고' 드러난다. '과거에게 듣고 싶은 말'은 많았지만, 돌아서는 이유는 '나이테를 휘도는 불안'이 존재하기 때문이고 나이를 먹어가는 일은 '적당히 친한 사람에게 배신을 당하'는 일과 같기 때문이다. 여기서 중요한 것은 시인이 바라보는 한 가지 풍경, '새들이 서녘의 말을 물고 떠난 자리로/ 다시 돌아오고 있다'는 진술의 중요성이다. 새들의 귀환은, 쌓여가는 시간의 두려움과 불안으로부터 새로운 자리를 찾아가려는 욕망과 의지의 일단을 엿보게 한다. '눈송이들이 한나절 앉았던 자리가/ 밤이 되면 시간처럼 움푹 어두워'(「움」)지는 풍경처럼, 그렇게 불안하지만, 또한 '나는 거추장스러운 비밀처럼/ 불안한 꿈처럼 뜯겨지고'(「능소화야 능소화야」) 있지만, 그녀에게는 이를 극복할 하나의 방향성, 방법론이 내재하고 있다. 바로 '연기처럼 사라지는' 일이다.

> 바람이 앞뒤로 분다
> 바람은 거대한 압축기다
>
> 사실처럼 집이 움직인다
> 사실처럼 집이 줄어든다
> 안이든 밖이든

바람의 세기는 종잡을 수 없다

문짝을 괴어 놓는 것도
서로를 증명할 수가 없다

집은 닫혔다, 라는 동사의
묘한 영향력 안에 갇힌다

닫혔다 갇혔다 두 단어 사이에서
나는 줄곧 압축이 된다

물러난 벽이 물러난 벽의
등이 되었을 때

집의 무너짐은
서서히 믿음처럼

나를 먹어치운다
나는 사라진다 연기처럼

이것은 누구에게나
일어날 수 있는 일이다

– 「실종」 전문

일상의 시간은 '집'으로 공간화된다. 시간 위에 존재하는 일은 곧 특정 공간을 점유하고 분할하는 일이므로 그 시간은 곧 특정한 공간에 대한 체험으로 대체된다. 집의 장소성이야말로 경험의 구체성, 일상의 시간성과 같은 의미가 된다. 문제는 이 '집'이 '닫히거나, 그 곳에 갇힌다'는 데 있다. 시인에게 집은 편안한 일상을 보장하는 공간이 아니다. '바람의 세기'는 화자를 그곳에 두지 않는다. '집이 무너지고 있다는 믿음'은 '연기처럼 사라지는' 일을 가능하게 한다. 이 사라짐은 어떻게 가능할까. 현실 밖의 공간은 가능한가. 이상적인 공간은 마음에서만 존재하는가. 시인은 도대체 어디로 사라지려는 것일까. 여기서 생각할 수 있는 답은 바로 '헤테로토피아'에 있다.

유토피아가 '현실에 없는 이상적인 공간'을 설정한 것이라면 헤테로토피아는 '현실에 있는 유토피아'를 찾아낸다(미셸 푸코, 이상길 옮김, 『헤테로토피아』, 문학과지성사, 2014, 참조). 헤테로토피아는 제도적이고 문화적인 양상으로 존재하는 모든 실재하는 공간적 대상을 상정한다. 유토피아가 현실에 부재하는 공간을 설정하고 있다면 헤테로토피아는 현실에 실재하는 공간을 적시한다. 헤테로토피아는 부재의 인식을 통해 실재성을 공공히 하고 불안을 통해 위안을 추구한다. 시인이 설정한 '사라짐'은 따라서 자연적 시간의 단절을 추구하기보다는 새로운 공간의 체험, 의미화된 장소성의 발견으로 이어진다. '이것은 누구에게나/ 일어날 수 있는 일이다'(「실종」)는 진술은, 누구나 경험할 수 있는 편재된 장소로서 헤테로토피아에 대한 이해를 동반한다. 이 경험은 타자성의 관점에서 설명되어야 한다. 여행지는 누구에게나 헤테로토피아가 되기보다 일종의 다른 경험을 가능하게 한다는 점에서 타자의 공간을 발견하는 일이며, 여행이라는 순수추

상이 아니라, 구체적이며 특정화된 장소로서의 여행지가 헤테로토피아의 의미를 발현한다. 박소원에게 그곳은 시베리아였다.

> 너는 나로부터 너무 가까운가 너무 먼가
> 발목과 손목에 덕지덕지 파스를 붙이고 앉아
> 객실 침대와 침대 사이 작은 탁자 위에
> 새삼스럽게 개명 전 이름자들
> 한글과 한문과 영문자로 다양하게 써보는 것이다
>
> 이름과 이름 사이 항렬과 항렬 사이 침묵과 침묵 사이
> 고통과 고통 사이 시간과 시간 사이
> 나의 아픔은 어디로부터 흘러오는가
>   (…)
> 시간이 많이 흘렀다,
> 간이역마다 구운 생선과 말린 생선들
> 컵라면과 미니보드카들 좌판에 펼쳐놓고
> 여행객을 부르고 있는 러시아의 노점상들…,
>   (…)
> 여행객들은 먹고 자고 먹고 자고 시간이 흘렀지만
> 잠들지 않는 이름 하나, 자꾸만 어지러워
> 나는 일일이 좁은 맥관을 닫는 것이다
> 멀고 먼 유배지의 우글거리는 신음에게
> 너는 부디 대답하지 말라.
>   (…)
> 시베리아의 겨울, 봄, 여름, 가을을 너는 홀로 걸어라

이 땅의 모든 계절들 너에게 선물처럼 건네는 것이다

지금 시베리아 벌판에는 비가 내린다
기차는 종착역에 가까워지고
촌로가 내린 간이역을 지나온 지 오래 되었다

덜커덕덜커덕덜커덕 고난과 불안 사이
불안과 환상 사이 버려진 이름들 어느 생을 유전하는가
너와 나는 더욱 먼 거리가 필요하다
　　　　　　　　　　　－「시베리아 벌판에 비가 내린다」 부분

　시인은 지금 시베리아를 횡단하는 기차에 있다. 기차는 무의
식의 방출을 가능하게 하는 근대적 도구이면서 공간적 간극을
무한히 확장하는 수단이기도 하다. 북쪽 지방의 평원을 달리는
기차 안에서 시인은 수많은 이름들을 떠올린다. 그 이름들은 무
수히 지나온 시간들 사이 어딘가에 놓인 기억들이자 기차가 지
나는 간이역들의 공간을 이어주는 매체이기도 하다. '시간이 많
이 흘렀'지만 상처도 하나둘씩 되살아난다. 그 상처는 '태중(胎
中)에 아버지가 지어준 이름'처럼 '선명해진 통증'으로 다가온다.
여행은 그 상처를 동반하면서 기차의 공간들을 분할한다. 시간
으로 명명된 기억들이 병치되는 공간이 기차 안이면서 이는 실
재와 비실재성을, 과거와 현재를, 단절과 이어짐을, 시간과 기억
을 혼종적으로 분할하면서 통합하는 헤테로토피아라 할 수 있
다. 그래서 시인은 이렇게 말하기도 한다.

수만 번, 오늘이 지나가면 나는 알게 될 것이네
나의 길들은 왜 무정하게 끊기고 끊겨야 하는지
그때마다 나는 왜 걷는 법을 먼저 바꾸는지
하지만 지금의 나는 아무것도 모른다네
　　　　　　　　　－「예니세이 강가에 서 있었네」 부분

'누군가의 태명 같은 예니세이' 강가에서 길은 자주 끊어지지만, '나는 또 걷는 법을 바꿀 것이다'라고 다짐하는 시인에게 그 미지의 길, 귀족의 이름처럼 들리는 '예니세이'는 불안을 위무하는 헤테로토피아로서 작용하고 있는데, 그 불안의 정체는 바로 죽음이었다.

　　　햇살 눈부신 대낮에도 부음이 온다.
　　　　　　　　　－「봄에게 무슨 일이 생겼는가」 부분

죽음은 편재된 일상성이다. 그것은 누구에게나 찾아오며 언제든 목격할 수 있다. 죽음은 통속적인 이별처럼 때로는 '우리가 만났다 헤어진 표식 하나도 없'(「小雪날 눈을 맞으며」)는 길을 걷게 한다. 그것은 안타까움과 연민으로 뒤엉킨 삶의 속성 하나를 일깨운다. 살아남은 자에 의해 쓰인 기억의 편린들이 그것이다. '세상에 없는 너에게' '눈물도 없이 내 소식을 전하는'(「알혼 섬에서 쓴 엽서」)일이야말로 얼마나 고통스러운 일일까. '뇌졸중으로 돌아가신 어머니와 태어나서 삼 개월을 살았다는 언니와 마흔에 목매달아 죽은 내 친구'(「아, 아」)에 대한 기억은 어떤 문자행위, 논리적 맥락을 넘어서는 감탄사의 영역에서만 이해 가능하다.

이 기억들이 가두어진 시간이라는 계기적이고 역행 불가능한 흐름을 차단하고 시인은 공간적 병렬, 시베리아라는 대평원의 가늠할 수 없는 확장성 속으로 이행하고자 한다.

박소원의 이번 시집은 시베리아 시편의 시작점으로 볼 수 있다. 시베리아는 광활하게 열린 공간이지만 이를 횡단하는 기차는 어떤 기억들을 닫고 열게 하는 매우 좁은 기억의 통로이다. 시간은 우리의 의지와 무관하게 지나오고 흘러가는 초자연적 질서가 아니라, 특정한 경험공간들을 분할하고 계기적으로 이행하면서 얼마든지 그 속성을 재구성할 수 있는 상대 공간이기도 하다. 타자의 공간을 발견하고 동시에 자기화하려는 욕망으로서 여행은, 시간의 무모한 폭력성과 감금된 일상성을 무력화하면서 동시에 부재의 공간을 현재화하려는 헤테로토피아적 열망의 표현이다. 박소원의 시베리아는 바로 낯선 시간을 타자화하면서 이를 '새로운 공간'으로 다시 열어 보이고자 하는 시적 열망의 출발지라 할 수 있다. 그녀가 찾아나서는 '다른 공간'은 '내 몸이 내 길이다'(「지렁이」)는 인식 위에서 성립하는 헤테로토피아의 발견 욕망이기도 하다. 그녀가 추구하는 공간의 확장성이 어디로 향할지 궁금하면서 동시에 그 길에 동참하고 싶다는 생각 또한 간절하다.

Путь поиска «Другого пространства»

Хан Вонгюн (литературный критик)

Время идет, и в точке, где оно останавливается, мы сталкиваемся со смертью. Поэтому можно подумать, что жизнь – это нечто согласованное со временем. Однако разве это правило применимо ко всем? Даже если с этим сложно не согласиться, вполне допустимо, что эта не единственная истина.

Время просто идет? Где отправная точка времени? Это точка или конкретное пространственное место? Время идет из точки, воспринимаемой наши сознанием, или это априорное явление, не поддающееся ему? Как нам понять течение самого времени? Мы, не знающие точный момент перехода времени, пытаемся понять какой-то непрерывный поток природы, сегментируя его количественным инструментом – часами. Поскольку время не знает своего течения, у большинства из нас нет другого выбора, кроме как понимать это как необратимое явление природы. Однако поэт может мыслить иначе. Разве не поэта волнует вопрос, как распознать этот естественный порядок, чтобы жизнь могла быть переосмыслена и в ней могли быть изменения? В сборнике стихов 《Имя, которое произношу на берегу реки Енисей》 Пак Совон такое волнение описано очень лирично.

Для каждого человека время накапливает разные переживания. Однако запоминаются они не через необратимый поток времени, а через определенную точку, пространство или конкретное место. Разнообразие пространственных переживаний сохраняет разные воспоминания об одном и том же промежутке времени. Другими словами, переживание и память о другом пространстве – это не что иное, как желание отразить и переосмыслить насильственную необратимость времени. Отношение поэта к пространству, как к притягивающему или особенному месту, можно рассматривать как запуск психологической ситуации, отвергающей само течение времени. Стихи Пак Совон именно об этом. Некоторые моменты и места, часто появляющиеся в её новых работах, являются результатом остро-осмысленного восприятия и отношения ко времени.

Когда меня вырвали, я потерял свой стержень

Висеть на веранде в углу,

Мне и без стержня хорошо.

Гниют корни, высохшие на зимнем солнце.

Со мной действительно все в порядке.

Тепло, попавшее в тело,

Проникает в каждую клетку прозрачных органов.

Надежда, очевидно, ускользает от меня.

Вымывая и вытирая белые стены на веранде,

Я вижу круглое тело,

Поглощающее по ложке

Каждую фазу лунного цикла.

Жизнь, которая постоянно исчезает,

Стремительное завтра, мерзкие насекомые постоянно сбегаются,

До того, пока сгнившее тело опустеет и станет пылью,

Избавляясь от резкого характера из сетей,

Я вижу тело, по которому течет гной,

Я вижу синие почки, прорастающие снаружи.

Полностью оставив свою жизнь,

Я потихоньку приближаюсь к своему телу.

(«Синий корень»)

Корни начинают сохнуть, как только вырвешь их из почвы. Поэт считает, что сухость - результат потери центра. Не является ли центр в нашей обычной жизни – точкой, в которой мы прочно закрепились? В данном стихотворении парадоксально, что слово 'хорошо' употребляется для описания состояния гибели. Время быстро меняется, создавая 'жизни, которые постоянно исчезают', а 'завтра', надвигается точно так же, как «мерзкие насекомые постоянно сбегаются». Таким образом, 'я вижу тело, по которому течет гной', которое, кажется, скоро исчезнет. Время создает декорации, которые заставляют 'приближаться к своему телу'. Мысль о времени, по сути, приводит к мысли о смерти, и, осознавая процесс, поэт также 'видит' 'синие почки, прорастающие снаружи'. Это читается, как этап пути к смерти, проявление желания изменить сложный процесс переосмысления времени. Где эти 'синие почки', которые она хотела увидеть? Процесс поиска ответа на этот вопрос подобен поиску 'синих почек', что и доставляет особое удовольствие от чтения стихов Пак Совон.

Сильный ветер обдувает каждый палец руки.

Я снова сижу неподвижно,

И молчу о прошлой любви.

Нарастает любопытство,

И неровные дороги становятся все выше и выше.

Птицы улетают на запад,

И я снова укрепляю корни.

Пока через Корейский полуостров проходит тайфун,

Возле поваленного тисового дерева

Меня опять всю трясет.

Я снова и снова вижу его страшное прошлое,

Темный вечер на лифте внутри меня

Вновь спускается на землю.

Было так много слов, которые я бы хотела услышать из прошлого.

Отпустив тревогу, кружащую как годичные кольца дерева,

Сезон опять проходит.

Боковые ветки повисли в воздухе,

И снова становлю старше.

Я предана почти близким человеком,

И птицы, держа в клювах слова запада,

Снова возвращаются в родные края.

Слова далекого места на каждой ветке распускают новые листья.

И синеет тень дрожащего марта.

(«Опять я»)

'Молчать' о 'прошлой любви' – значит стереть воспоминания, находящиеся во времени. 'Нарастающее любопытство', которое рождается воспоминанием, создает новые пути, и это дает нам волю к повторному укоренению на земле или в нашей обыденной жизни. Однако эта опора так же ненадежна, как и поваленное тисовое дерево. Время воскрешает 'страшное прошлое' и ощущается через 'темный вечер, пронизывающий меня'. Было много 'слов, которые я бы хотела услышать из прошлого', но возвращаюсь из-за 'тревоги, кружащей как годичные кольца дерева'. А старение похоже на 'предательство близкого человека'. Поэт обращает наше внимание на строчки: 'птицы, держа в клювах слова запада, / снова возвращаются в родные края'. Возвращение птиц предполагает желание и стремление попытаться найти новое место, свободное от страха и переживаний, накопленных временем. Строчки: 'На месте, где днем сидела снежинка,/ Ночью появляется темная впадина'(«Почка») и 'Меня сорвали, как обременительный секрет,/ Как тревожный сон.'(«Кампсис крупноцветковый, кампсис крупноцветковый!»), также передают тревогу, но у поэта есть способ справиться с ней: 'исчезнуть как дым'.

Дует ветер.
Он огромный компрессор.

Дом движется, как наяву,
Словно наяву, он сжимается.

Внутри или снаружи
Невозможно определить силу ветра.

Невозможно доказать друг другу,
Что придерживаешь створку окна.

Дом закрыт. Словно в ловушку,
Попала я под странное влияние слов
  «закрыто и заперто»,
Будто это я заточена между ними.

Когда отходящая стена

Станет спиной отходящей стены,

Дом, разрушающийся

Медленно, как вера,

Поглотит меня,

И я исчезну как дым.

Это может

Случиться с любым.

(«Исчезновение»)

Обычное время жизни становится пространством – 'домом'. Поскольку работа, существующая над временем, заключается в том, чтобы занимать и разделять определенное пространство, это время вскоре определяется опытом занимаемого пространства. Место дома приобретает то же значение, что и конкретность опыта и временная характеристика повседневной жизни. Проблема в том, что этот 'дом' 'закрыт'. Для поэта дом – пространство, не обеспечивающее комфортную повседневную жизнь. 'Сила ветра' удерживает поэта. «Вера в то, что дом рушится», позволяет 'исчезнуть, как дым'. Как такое исчезновение возможно? Возможно ли пространство вне реальности? Неужели идеальное пространство существует только в голове? Куда хочет исчезнуть поэт? Ответ, который мы можем здесь придумать, находится в 'гетеротопии'

Если утопия создает 'идеальное пространство, которого нет в действительности', то гетеротопия – 'утопию, которая существует в реальности'. (См. Мишель Фуко, «Гетеротопия»). Гетеротопия предполагает все пространственные объекты, существующие в культурно-идеологическом аспекте. Если утопия задает пространство, которое отсутствует в реальности, то в гетеротопии описывается пространство, существующее в действительности. Гетеротопия усиливает реальность через признание её отсутствия и видит утешение в переживаниях. Таким образом, поэт под 'исчезновением' подразумевает не естественный разрыв со временем, а познание нового пространства и открытие значимого места. Строчки 'Это может / Случиться с любым'(«Исчезновение») подтверждают понимание гетеротопии как существующего места, в которое может попасть каждый. Этот опыт нужно объяснять с точки зрения инаковости. Цель путешествия – открыть для себя другое пространство. Оно дает возможность получить некий иной опыт, и не становится гетеротопией для всех. Пункт назначения путешествия – это не абстракция, а конкретное особое место, обозначенное понятием гетеротопии. Для Пак Совон таким местом была Сибирь.

Ты или слишком близко или слишком далеко от меня!

Сижу с заклеенными пластырем лодыжкой и запястьем.

В купе на узком столе

Пишу свое старое имя

По буквам на корейском, китайском и английском языках.

Среди имен, рядов и тишины,

Среди страданий и времён

Откуда эта боль?

(...)

Прошло много времени.

На обычной станции

На стульях разложены

Жареная и сушеная рыба,

Лапша быстрого приготовления и маленькие бутылки водки.

(...)

 Пассажиры едят и спят, едят и спят. Проходит много времени,

но

Одно имя не дает мне покоя, все сосуды сдавлены,

И постоянно кружится голова.

Но на бесконечные стоны изгнанных в дальнюю ссылку людей

Обязательно ничего не отвечай.

(...)

Сибирской зимой, весной, летом и осенью ты ходи одна.

Все времена года этой земли принадлежат тебе.

Сейчас на сибирском поле идет дождь.

С того момента, как старик вышел на станции,

Прошло много времени,

Чух-чух, чух-чух, чух-чух
Между страданием и тревогой, между тревогой и иллюзией,
Как долго я буду вспоминать забытое имя?!
Нужно ли нам еще больше расстояния?!

(из стихотворения «На сибирском поле идет дождь»)

Поэт сейчас в поезде, пересекающем Сибирь. Поезд – это новый инструмент, позволяющий освободиться от подсознания, и средство безграничного расширения пространственного разрыва. В поезде, курсирующем по равнинам Севера, поэт вспоминает множество имен. Эти имена – среда, соединяющая пространства станций, через которые проезжают поезда, а также воспоминания, помещенные где-то в безграничном времени. 'Прошло много времени', но раны возвращаются одна за другой. Они проявляются в «сильной боли», как 'Имя, которое я получила от отца до рождения' Путешествие сопровождают эти раны, разделяющие пространство поезда. Поскольку пространство, в котором хранятся воспоминания, обозначенные временем, находится внутри поезда, то его можно назвать гетеротопией, объединяющей реальность и нереальность, прошлое и настоящее, разрыв и связь, а также гибридное разделение времени и памяти. Поэтому поэт так пишет.

Десятки тысяч раз я узнаю, когда пройдет сегодняшний день.

О том, почему мой путь прерван и прерван он бездушно.

О том, почему каждый раз я сначала меняю стиль ходьбы.

Но сегодня мне это неизвестно.

(«Я стояла на берегу реки Енисей»)

Дорога часто прерывается рекой 'Енисей, словно по приказу кого-то'. Однако для поэта, обещающего: 'я опять поменяю стиль ходьбы', имя 'Енисей', которое звучит как имя аристократа, вызывает беспокойство и является гетеротопией, успокаивающей тревогу, сущностью которой была смерть.

Известие о смерти приходит даже в ясный солнечный день.

(«Что случилось с весной?»)

Смерть – это повсеместная обыденность. Ее можно встретить в любой момент. Смерть, как и обычное расставание, иногда ведет нас по дороге, на которой 'не осталось никаких следов нашей встречи и нашей разлуки'(«В снежный день на снегу…»). Она пробуждает атрибут жизни, полный сожаления и сострадания. Эти воспоминания написаны человеком, который остался жить. Сколько боли в этих строках: 'Тебе, которой нет на свете', 'Я уже без слез рассказываю о новостях'?(«Открытка, написанная на острове Ольхон»). Воспоминания о 'Маме, умершей от инсульта, о старшей сестре, которая умерла трехмесячной, о моей подруге, которая в свои сорок лет повесилась'(«Ох…Ох…») можно даже понять без контекста только по междометиям.

Мгновенный и необратимый поток времени, в который заключены эти воспоминания, блокируется, и поэт пытается перейти в пространственный параллелизм и непостижимый простор великой Сибирской равнины.

Этот сборник стихов Пак Совон можно рассматривать как отправную точку сибирского псалма. Сибирь – это бескрайнее открытое пространство, но поезд, пересекающий его, – это очень узкий канал памяти, который закрывает и открывает определенные воспоминания. Время – это не сверхъестественный порядок, который проходит и течет независимо от нашей воли, это также иное пространство, которое позволяет нам реконструировать его атрибуты, деля определенный опыт пространства и применяя его по возможности. Путешествие как желание открыть для себя иное пространство и в то же время остаться собой. Оно выражает иллюзорное стремление представить отсутствующее пространство, одновременно нейтрализует слепую жестокость времени и зажатую обыденную жизнь. 'Сибирь' у Пак Совон можно назвать отправной точкой ее поэтического стремления заново открыть незнакомое время как «новое пространство». 'Другое пространство', которое она находит, также является стремлением к открытию гетеротопии, которое возникает при признании того, что 'Моё тело – моя дорога' («Дождевой червь»). Интересно, куда ведет расширение пространства, которое преследует поэт, в то время, как мысль о том, чтобы присоединиться к пути, также безнадежна.

박소원

2004년 『문학선』 신인상에 「매미」 외 4편 당선. 서울예술대, 단국대 대학원 문예창작과(석, 박사) 졸업. 시집 『슬픔만큼 따뜻한 기억이 있을까』, 『취호공원에서 쓴 엽서』, 『즐거운 장례』, 한중시집 『修飾谷聲 : 울음을 손질하다』 등.

박소원 한러시집

예니세이 강가에서 부르는 이름
Имя, которое произношу на берегу реки Енисей

초판 1쇄 발행 2023년 4월 25일

지은이 **박소원**

펴낸이 임현경   책임편집 홍민석   편집디자인 박세암

펴낸곳 **곰곰나루**

출판등록 제2019-000052호 (2019년 9월 24일)

주소 서울특별시 양천구 목동서로 221 굿모닝탑 201동 605호 (목동)

전화 02-2649-0609

팩스 02-798-1131

전자우편 merdian6304@naver.com

유튜브채널 곰곰나루

ISBN 979-11-92621-07-4(03810)

책값 12,000원